René Fallet

Bulle
ou la voix de l'océan

Illustrations de Mette Ivers

Denoël

Pour Anne Tissier.

VINE

1. Ici la mer

Je suis la mer. On me connaît. Je suis salée. Je suis bleue quand le ciel est bleu, verte quand le ciel est... vert. Si vous me préférez rouge, je suis la mer Rouge. Noire, je suis la mer Noire. Jaune. De corail. Etc.

Je vous ai tous vus sur mes plages, tous, avec vos pâtés de sable, vos cannes à lancer, vos huiles à bronzer, vos filets à crevettes.

Je suis la mer, la *mère Noël,* ah ah ! La mer !

Pendant que vous dormez, je cache dans les rochers les étoiles roses et les petits crabes que vous trouverez au matin. Je vous lèche les pieds de mes cent mille langues de teckel.

Mais je peux être le grand vent, j'emporte les chapeaux !

Mais je peux être la tempête, j'emporte les bateaux, fais claquer les drapeaux ! Il ne faut jamais oublier qui je suis. Je suis très vieille, et les marins se signent quand je frappe à la porte de tous les cafés du port. Je suis la mer, avec ses poissons, ses baleines, ses jardins engloutis, ses trésors volés au roi d'Espagne, la mer avec ses fleurs, ses nuits noires et ses soleils noyés, la mer avec ses hippocampes, la mer avec ses coquillages, LA MER.

Jadis, je recouvrais l'endroit qui s'appelle aujourd'hui Paris. Je me suis retirée pour vous laisser un peu de place. Mais attention, je n'ai qu'un mot à dire pour revenir. Ce serait drôle de voir les harengs nager dans les grands magasins, les langoustes traverser entre les clous, les huîtres bâiller dans les théâtres. Je recouvrais aussi les montagnes. Pour aller sur le Mont-Blanc, autrefois, il fallait plonger juste au-dessus. Celui qui le loupait, il tombait dans la vallée, où broutaient les veaux marins. C'était le bon temps.

Je vous ai donné un morceau de terre. Mais soyez sages. Voyez ce qui se passe en Hollande. En Hollande, la poignée de terre, je ne l'ai pas donnée. On me l'a prise, dans ma poche. Alors, de temps en temps, j'essaie de la reprendre. J'arrive sur la pointe des vagues et hop, j'étale mes tapis. On me chasse à grands coups de balai. Bon, bon, je m'en vais, mais je suis bien contente, parce que j'ai tout cassé. J'emporte les châteaux, j'emporte les autos. Je suis ainsi, moi. On me doit le respect. Je suis la mer.

2. La mer (encore)

Je suis la mer, comme je vous l'ai déjà dit. Je ne suis pas venue pour vous faire boire la tasse (j'adore faire boire la tasse aux gens), mais pour vous raconter une histoire. Je connais beaucoup d'histoires. Connaissez-vous celle de

Brok, la pieuvre géante qui renversait bricks et goélettes, et gobait les pêcheurs comme on gobe des petis bonbons ? Elle est très amusante, et je suis sûre qu'elle vous ferait beaucoup rire. Elle est effrayante et vous n'en dormiriez pas de huit jours, parole de mer.

Mais Snif la méduse me dit qu'il ne faut pas que je vous la dise. Les parents, qui sont partout où il ne faut pas qu'ils soient, vous prendraient le livre des mains et le cacheraient dans l'armoire qui ferme à clé. Tant pis pour Brok la pieuvre ! Elle était pourtant belle, et grande, grande comme l'Arc de Triomphe. N'en parlons plus.

En 1912, le 14 avril, un steamer transatlantique de la « White Star Line » britannique heurta un iceberg et coula pendant que l'orchestre et les passagers entonnaient un hymne religieux. C'était charmant, très beau, très réussi. Il avait nom, je crois, le steamer, *Le Titanic*. Attendez, que je retrouve dans mes notes, le nombre des personnes qui périrent dans ce naufrage. Une seconde...

3. La mer (toujours)

Ouvrez grandes vos quatre oreilles, si vous êtes deux, vos six si vous êtes trois, et ainsi de suite. Mais je ne vous dirai pas combien de personnes moururent lors de la catastrophe du *Titanic*. Il est certain qu'on vous confisquerait le livre, et j'ai beaucoup à dire. Je ne vous donnerai pas de cauchemars, comme c'est dommage, comme c'est bête.

Je suis la mer.

Je suis la mer, mais il me semble vous en avoir déjà parlé. Je suis si vieille... Voulez-vous entendre l'histoire de Betty la Sole ? Non ? Pourquoi ? Il était une fois une sole qui s'appelait Betty... Non ? Vraiment non ? Je sais, c'est très triste, les soles. Que diriez-vous alors de la légende merveilleuse de Plouf le poisson-lune ? Il était une fois un poisson-lune qui s'appelait Plouf. Il s'appelait Plouf parce qu'il faisait « plouf » avec ses grosses lèvres de caoutchouc mousse. Plouf, plouf, plouf, plouf, disait-il à tout propos, le poisson-lune. Il était amoureux fou de... vous ne devinez pas ? De la lune, tout simplement. Tout simplement. Ah ? Vous trouvez ça trop simple, justement ? Un peu bête, aussi ? Et je ne suis pas drôle ? Et je vous assomme ? Attention, petits malheureux, je suis la mer ! L'énorme mer !!!

4. La mer (plus tard)

Nous nous sommes quittés un peu fâchés, l'autre jour. Je vous aurais bien cassé une araignée sur la tête. Pas une araignée de grenier, bien sûr, une araignée de mer, et ça vous aurait fait très mal. Je suis la mer. Oui, vous le savez déjà... Bon... J'ai trouvé ce que j'allais vous raconter. C'est très bien, cette fois. Snif la

méduse m'a dit : « Racontez-leur l'histoire de Bulle, la bulle qui alla sur la terre. En principe, elle devrait leur plaire. » Je l'ai remerciée, la méduse. C'est toujours de bon conseil, les méduses, n'est-ce pas votre avis ? Aussi vais-je vous raconter l'histoire merveilleuse de cette bulle qui alla sur la terre.

Avant toutes choses, il faut que je vous explique ce que c'est, une bulle. Non et non, ce n'est pas d'une bulle de savon qu'il s'agit ! La bulle dont il va être question n'est rien de plus et rien de moins qu'un coquillage de la famille des bullidés. C'est moi, la mer, qui ai rangé la bulle dans la famille des bullidés. Ce n'est pas idiot du tout, n'est-ce pas ? Les dictionnaires et les ouvrages scientifiques profèrent bien des énormités sur le compte des bulles. Entre autres, qu'elles se nourrissent d'autres mollusques, qu'on ne les trouve que sur les côtes de l'Océan ou de la Méditerranée. Qu'en savent-ils, les hommes, qui ont écrit ces inexactitudes ? Seraient-ils mieux renseignés que moi, par hasard, les hommes ? La mer, est-ce moi ou les hommes ? Je suis la mer. Des bulles, j'en ai connu dans l'Océan Indien, dans le courant de Malabar, à l'est de Zanzibar. Personne, je pense, n'osera soutenir le contraire. J'y suis allée voir, quand même ! Puisque je suis la mer ! Parfaitement, la mer ! Or donc ces bulles de l'Océan Indien, je vous le dis, étaient de paisibles coquillages qui ne se nourrissaient que d'algues et de laitues de mer. De bien belles bulles, grosses comme deux poings de maréchal-ferrant, grosses comme une tête de caniche, grosses comme un melon. Des bulles de l'Océan Indien, quoi !

Je suis la mer ! Écoutez-moi battre les digues, courir le long des côtes du monde... Brou... ou ... Brou... ou ... C'est moi ! La mer !

5. Bulle vous parle

Je suis Bulle, la bulle qui alla sur la terre.

La mer, vous commencez à la connaître, elle s'occupe de tant de choses et de tant de marées à la fois qu'elle ne sait plus raconter les histoires. Elle débute et puis, hop, elle s'amuse à secouer un bateau, à demander des nouvelles de sa santé à un gardien de phare, à regarder voler un poisson-volant, à flanquer des coups de pied dans les falaises. Quand elle revient avec son histoire, on a tout oublié, on ne sait plus où on en est, on ne comprend plus rien, et elle se fâche, et on lui dit alors de la garder, son histoire, avec ses vagues par-dessus.

Je vais vous la dire, moi, cela ira plus vite.

J'étais une bulle comme toutes les bulles de l'Océan Indien, ornée de mille couleurs de perroquets, peinte avec un arc-en-ciel. Les bulles de Méditerranée sont vilaines à côté de nous autres, bulles des tropiques, c'est vrai.

Quand je dis bulles, je parle du coquillage, notez bien. Le mollusque qui est dedans, ce n'est pas lui, la bulle. Le mollusque s'appelle mollusque. Le mien, de mollusque, je l'appelais Gluc. Et lui m'appelait Bulle car il n'avait pas beaucoup d'imagination. Je l'appelais Gluc parce qu'il mangeait beaucoup de laitues de mer et qu'en mangeant il faisait « gluc gluc gluc » vingt heures sur vingt-quatre.

C'était un gros mangeur, il en était tout rouge et tout humide de gourmandise. Quand il n'avait plus faim, il dormait. Et puis il digérait. Dès qu'il avait digéré, il avait faim. La faim le réveillait et il m'emmenait dans son potager pour y manger quelques laitues de mer. S'il avait été carnivore, plus rien ne respirerait dans les profondeurs de l'Océan Indien, vous pouvez m'en croire.

Non content d'être goinfre, il était peureux comme une petite fille dans le noir. Terriblement peureux. Venez sous l'eau pour l'entendre :

– Bulle, c'est un crabe qui vient là-bas ?

– Mais non, Gluc, c'est une éponge qui fait sa toilette.

– Tu es sûre, Bulle ? Et là, sur la gauche ?

– C'est un ver marin qui part à la pêche.

– Bulle, je rentre, je te dis que c'est un crabe.

Il se voyait toujours dévoré par les crabes et rentrait dans sa coquille – c'est-à-dire dans moi – pour un bruit pour une ombre. Une fois pelotonné tout au fond de moi-même, il bouchait mon ouverture avec son pied. Jamais les crabes n'approchaient de ce pied. A leur avis, ce pied sentait mauvais, sans doute, encore que le pied de Gluc était lavé relavé délavé par la mer. Gluc m'ennuyait avec ses douze repas quotidiens et ses trente-six angoisses à l'heure. Il m'agaçait d'autant plus que les mollusques des autres bulles ne possédaient point ce caractère stupide. Ils étaient pour la plupart joyeux, heureux comme mollusques dans l'eau, s'arrêtaient souvent de manger pour regarder passer les beaux poissons à rayures ou les jolies sirènes occupées à enfiler les perles qu'elles chipaient aux huîtres. Ils aimaient la vie, les autres mollusques. Gluc n'aimait que la laitue et rien que la laitue. J'étais mal tombée, ainsi que me le répétaient ma mère, ma tante et ma cousine, toutes de la famille des bullidés, famille honnête et respectée dans le quartier qu'elle habitait. Il avait nom, notre quartier, le quartier de Lune, car la lueur de la lune pénétrait jusqu'à nous. Nous étions pourtant à cent mètres de la surface, mais l'eau était si claire, si pure et si bleue que la lune aimait s'y baigner...

6. Visite au quartier de Lune

Il est très beau, le quartier de Lune où habite Bulle la bulle. Il y a du corail, rouge comme le sang des baleines harponnées. Il y a des gorgones éventail. Les gorgones ressemblent au corail mais sont très souples, se balancent comme des danseuses. Il y a des fleurs magnifiques, qui sont des bêtes, et des bêtes magnifiques qui sont des fleurs. On s'y perd. Là-bas, quand on offre des fleurs, il arrive qu'elles sortent du vase où on les a mises. Il arrive qu'elles s'en aillent en marmonnant des injures. On s'est trompé. C'était des animaux.

Il y a aussi, dans un coin, une boîte en bois. Le poisson-scie, pour voir ce qu'il y avait dedans, l'a coupée en deux. Il a été bien attrapé, ce n'était qu'un trésor, et ce n'est pas du tout bon à manger, les trésors, c'est beaucoup trop dur. C'est peut-être meilleur cuit, mais il n'y a pas de feu dans le quartier de Lune. Il y a, dans le corail, des poissons des coraux, jaunes, bleu ciel, orange, des poissons avec des voiles, avec des ailes, des poissons-papillons, des poissons-dollars en or massif. Il y a les crabes qui s'occupent de nettoyer le sol de la mer. Il y a les moules, qui font le ménage chez les autres, elles sont si mal habillées, les pauvres, pour des coquillages ! Il y a les bigorneaux, qui sont les grooms, parce qu'ils sont tout petits. Il y a aussi un bénitier. C'est un énorme coquillage de deux cents kilos. Quand il s'ouvre, tout comme une huître, il fait de grosses vagues. Une fois, il s'est refermé sur un plongeur venu de terre pour l'emporter. Il n'y a guère de requins. C'est un quartier très bien fréquenté, le quartier de Lune.

7. Tristesse de Bulle

J'ai dit que j'étais une bulle comme toutes les bulles, eh bien non. Les autres bulles ne s'ennuyaient pas, avec leurs mollusques. Moi, si. Je ne le détestais pas, mon pauvre Gluc, je ne lui souhaitais aucun mal, mais je m'ennuyais avec lui comme les enfants s'ennuient pendant les vacances et qu'il pleut dehors à n'en plus finir.

Parfois, en allant au jardin, je rencontrais des coquillages vides. Leur mollusque était mort, avait été dévoré depuis longtemps par les crabes. Ce n'est pas drôle, d'être vide, pour un coquillage. Jamais plus il ne remue, il repose sur la vase, et les poissons lui donnent des coups de queue. C'est très triste. Parfois, des crabes viennent habiter le coquillage vide, mais ce n'est pas très gai non plus. Un coquillage n'est pas né pour mener une vie de crabe. Les crabes, c'est méchant. Ils ne pensent qu'à pincer les gens. Moi, Bulle, avec mon mollusque, Bulle pleine par conséquent, je m'embêtais autant qu'une bulle vide. Je n'aimais Gluc que lorsqu'il sortait enfin de sa torpeur. Il parcourait alors jusqu'à des dix ou quinze mètres sans s'arrêter, tenaillé par la faim. Il n'allait jamais plus loin que la première laitue qu'il rencontrait, mais nous avions bougé, mais je voyais le monde ! Ce monde-là n'était quand même pas un grand monde... Je me disais que là-bas, derrière le corail, le paysage devait être fantastique... Je pensais à tout cela pendant que Gluc broutait, broutait, broutait, « gluc, gluc, gluc... ». Je me disais que quelque part s'épanouissaient toutes les merveilles de la mer. La mer... Qu'y avait-il au-dessus de la mer ? Que se passait-il donc au-dessus de ma coquille de petit coquillage ? Mon mollusque me répondait : « gluc, gluc, gluc... ».

J'aurais donné la mer et les poissons pour savoir, la mer, et toutes les laitues de mer...

8. A bord de « La Désillusion »

Nous sommes à bord de *La Désillusion,* frégate de haute mer. Trente-deux canons. Le pavillon qui flotte tout en haut du mât et du ciel, salué bien bas par les requins, c'est le pavillon noir, mon gars !

Moi qui vous parle, je suis Petit-Jean de Paimpol, gentilhomme de fortune pour vous servir et vous couper la gorge.

En quelle année sommes-nous ? En 1696 , mon ami. Sabre au clair et bon vent la flibuste !

Cet homme, là-bas, sur le pont, c'est le capitaine Miséricorde, l'homme aux yeux si froids qu'ils en rafraîchissent le vin. Cette jambe de

bois qui tape et tape comme un battoir d'enfer, appartient au hardi La Voltige. Le gaillard à ses côtés est son fidèle compagnon, Saint-Malo La Potence. Cet autre est John Galapagos, cet autre encore Hans la Bonbonne. Mais j'en ai déjà trop dit.

La Désillusion vogue sur l'Océan Indien à la recherche de sa proie favorite, le bon gros vaisseau patapouf chargé de soieries, d'épices et de barres d'argent. Voilà déjà longtemps que nos rapières se rouillent, mon petit. Les saints du Paradis nous ont fort benoîtement donné leur malédiction et nous manquons d'or et de tabac. Nous manquons de rhum, ce qui est pis. Nous sommes là à scruter la mer comme la chouette fixe la terre, la nuit. L'homme de vigie, perdu dans le ciel des voiles, fredonne :

C'est du mât de misaine
Pavillon haut
Que je vois les sirènes
Danser sur l'eau

C'est du mât de fortune
Pavillon bas
Que je vois la grand lune
Oter ses bas...

A bord de *La Désillusion* flotte l'âcre odeur de la mort subite, de la poudre et des âmes damnées. C'est un joli métier que celui de corsaire, on y voit du pays, les femmes sont noires comme les merles et le danger luit dans la nuit comme la Croix du Sud.

– Oh, la vigie, que vois-tu ?

– L'horizon.

– Et dans cet horizon ?

– Rien d'autre que le jet d'eau du cachalot. La neige de la mouette. Le couteau des poissons.

Sa chanson nous retombe en gouttelettes sur les épaules :

C'est du mât d'artimon
Pavillon noir
Que je vois les démons
Du dernier soir...

Nous en sommes là, par bon vent, en plein courant de Malabar, sur une mer de charme lorsque l'autre, là-haut, ravale sa chansonnette du diable et gueule :

– Anglais à bâbord ! Anglais à bâbord !

Le capitaine Miséricorde saute sur sa lorgnette, dévisage un moment sous le nez le nouveau venu avant de commander le branle-bas de combat. Les canonniers courent à leurs caronades, nous recommandons tous notre vie au saint qui la patronne, et, aussi, à la pointe de notre épée.

Cet Anglais est un fier bateau, rebondi à souhait, fort empêché par la graisse et la richesse d'aller se mettre hors de portée de nos boulets. Nous lui coupons vite la route du vent. Nos canonniers, qui ne sont point des nouveau-nés, se gardent bien de le tirer au cœur. A quoi bon les fortunes au fond des mers ? Nous ne travaillons pas pour les crevettes. Il nous suffit de lui endommager sa mâture, à ce pendard d'Anglais. Il nous crache bien quelques boulets, mais *La Désillusion* est un voilier rapide, conçu pour esquiver et pour danser comme une abeille autour d'un pot de miel. Bientôt, elle se colle à sa proie, que nous ficelons de grappins.

– A l'abordage ! hurle le capitaine Miséricorde.

Moi, Petit-Jean de Paimpol, je me retrouve d'un saut sur le pont britannique, poignard entre les dents, épée en main. Un grand flandrin d'Anglais, sec comme le vent du Nord, se jette sur moi lame en avant.

– Je vais te décoller les oreilles et t'élargir les trous de nez, que je lui crie.

– *Damned frog,* qu'il me répond, *take care of your throat !*

Ce qui signifie, tous les Anglais vous le diront : « Damnée grenouille, attention à ta gorge ! »

Clic, clac, nos lames s'entremêlent, et nous voilà menton contre menton. Je lui tire la langue, il me fait une grimace. Autour de nous des mousquets claquent, des hommes braillent comme cochons qu'on égorge. D'un pas de côté, je me dégage. Le métier des armes m'a été appris par Maître Requiem, un lascar que je vous recommande. Je me dégage donc et toc, je m'élance, je me fends, j'attaque au flanc !...

9. Gluc s'en va ...

Une poussière de soleil enveloppait Bulle engourdie. Le soleil, au fond de la mer, tombe toujours en poussière, comme un très vieux soleil. De très jeunes sirènes passèrent non loin de Bulle en riant comme de petites folles. Puis elles repassèrent, vives et blondes, en chantant :

Joli matelot
Prends-nous dans tes bras
Notre cœur est las
D'être au fond de l'eau
Joli matelot
Suis-nous dans les flots...

C'est ce qu'elles chantent, ces chattes, sur la route des voiliers.

Le marin qui les entend devient amoureux d'elles et se jette à la mer pour les rejoindre. C'est ainsi que neuf marins sur dix se noient, mais ne le répétez pas à leurs fiancées du Havre, de Naples ou de Liverpool.

A l'accoutumée, les sirènes réveillaient Gluc qui grognait :

— Bulle, c'est toi qui fais tout ce tapage ?

— Non, Gluc, ce sont les sirènes qui chantent.

— Ne peux-tu leur dire de se taire, à ces péronnelles ?

— Pourquoi leur dirais-je ? Elles chantent bien.

— Bien ou mal, elles chantent et me réveillent en sursaut, et j'ai horreur d'être réveillé pendant ma sieste. — Il était, Gluc, hargneux comme un vieux voisin — Ça me donne des palpitations. Car les mollusques ont un cœur, je te le signale. Et un système nerveux des plus compliqués, je te le rappelle.

Or, Gluc, ce jour-là, ne s'éveilla pas en fureur, ce qui surprit beaucoup Bulle.

Bulle s'inquiéta en ces termes :

– Gluc ! Gluc ! N'as-tu pas entendu les sirènes ? Gluc ! Ce glouton, ce goulu, aura encore mangé trop de laitues. Gluc, réponds-moi, mollusque de malheur ! Gluc, parle-moi, mon petit mollusque... A l'aide ! A moi ! Gluc ne répond plus ! Au secours !

Bulle, évidemment, ne pouvait regarder à l'intérieur de sa propre coquille. Elle héla un hippocampe qui pédalait non loin.

– Hippocampe, viens voir, je t'en prie.

– Moi ? fit l'hippocampe.

– Oui, toi. Sois gentil, je suis inquiète pour mon mollusque. Veux-tu jeter un coup d'œil dans moi et me dire ce qu'il devient ?

Les hippocampes sont braves, et pas fiers. Celui-là était de bon service, comme tous les hippocampes, et se glissa dans Bulle, et Bulle l'entendit rire, et Bulle l'interrogea :

– Pourquoi ris-tu, hippocampe ?

– Parce qu'il est bien inutile de l'appeler, ton mollusque...

Il ressortit de la coquille et termina sa phrase :

– ... Il est mort.

Un gros chagrin ternit aussitôt les couleurs

éclatantes de la pauvre Bulle en deuil. L'hippocampe le remarqua, lui tapa gentiment sur l'épaule :

– Ne pleure pas, Bulle. Il est mort d'indigestion. Il n'a pas souffert. Il sourit aux anges de mer qui viennent de l'emporter. Si tu veux mon avis, c'est absolument idiot, les mollusques.

Là-dessus l'hippocampe s'en alla vers un champ de courses, laissant derrière lui Bulle triste et Gluc mort.

Bulle entendit alors la voix irréelle de son mollusque devenu dans l'au-delà très intelligent. Elle venait, cette voix, des méduses qui voguaient tout là-haut en surface comme autant de jolis nuages nacrés et transparents :

– Ne te lamente pas, Bulle. Je suis heureux de voir que tu m'aimais bien. Je suis mort, mais c'est pour de rire qu'on meurt. On se reverra un de ces jours. Ta mort, à toi, c'est de tomber en poussière. Quand tu seras poussière, tu pourras venir à côté de moi. Tu as ton fauteuil comme tout le monde, au rayon meubles de l'éternité.

– Ah oui ? s'étonna Bulle. Mais je suis ton squelette, Gluc, et les squelettes n'ont pas d'âme.

– Ne crois pas ça. L'hiver a une âme, qui est le squelette de l'été. Les larmes ont une âme, elles sont le squelette de la joie. Les hommes ont une âme, qui n'est que le squelette de leur enfance. A bientôt, Bulle. A bientôt. Je suis content, je dors, je n'ai plus faim. De toi à moi, la mort, c'est une situation d'avenir. Au revoir.

– Au revoir, Gluc.

Bulle fut un peu consolée. Gluc prenait la chose du bon côté. Comme tous les morts. Ces êtres n'ont pas le souci de ce qu'ils laissent et Bulle était toute désemparée de ne plus sentir Gluc remuer, respirer en elle, et grogner, et se retourner pour digérer mieux à son aise...

10. Bernard arrive...

Bulle entendit, tout près d'elle, un claquement de pinces. Elle aperçut alors Bernard le crabe, surnommé l'Ermite parce qu'il ne parlait à personne et menait une vie fort retirée. Il habitait une vieille coquille sale, fêlée et toute effrangée sur les bords, un vrai taudis.

Et Bernard qui ne parlait à personne se mit à parler à Bulle :

– Bulle, je viens d'apprendre par l'hippocampe que ton mollusque était mort. J'en suis ravi. Vois ma coquille ! Elle est affreuse, pleine de courants de mer et me serre de partout. J'étouffe là-dedans. Je vais manger ton mollusque et m'installer en toi.

Bulle protesta. Bernard était le plus méchant de tous les crabes qu'elle connaissait de vue.

– Tu ne me demandes pas si cela me fait plaisir, Bernard !

Bernard ricana :

– Je ne suis pas là pour te faire plaisir ou non. Cet appartement me plaît, je le prends. Et ne me contrarie pas davantage, sinon je te roulerai de rocher en rocher jusqu'à ce que tu te casses en mille morceaux.

Bulle soupira et regretta Gluc de plus belle. Gluc, de son vivant, n'était pas un joyeux drille, mais n'aurait certes pas fait de mal à un pou de mer. Les boutons de manchette qui servaient d'yeux à Bernard s'allumèrent.

– J'ai faim, dit-il, je vais manger ton mollusque.

– Eh, mange-le, puisque c'est la vieille et grande loi de l'Océan, mais...

Bulle se fit câline et poursuivit :

– Mange-le, Bernard, mais ne t'installe pas aujourd'hui. J'ai de la peine, j'ai besoin d'être seule.

L'Ermite, conciliant, se gratta la tête avec ses pinces avant d'accepter :

– Entendu, Bulle. Je ne suis pas si mauvais bougre. Le temps de manger le mollusque, et je ressors. J'emménagerai demain.

– C'est ça, Bernard, merci bien.

Il pénétra, l'eau à la bouche, dans le coquillage.

11. Le poisson qui avait des pieds et des mains

Il se fit soudain dans le quartier de Lune un grand remue-ménage. Un corps étranger traversa les profondeurs en vol plané, vint rebondir sur le corail tout à côté de Bulle.

Ce corps était vêtu d'un pantalon rouge retenu par une vaste ceinture de velours noir. Il était chaussé de hautes bottes de cuir fauve. Du sang giclait encore de sa poitrine transpercée. Un de ses bras portait ce tatouage : « A Marie-Jeanne, à la vie, à la mort. »

– A la vie, à la mort, mission accomplie ! songea Petit-Jean de Paimpol en s'immobilisant sur la vase.

Bulle sursauta et s'écria :

– Voilà un poisson comme jamais nul n'en vit !

Petit-Jean tourna vers elle sa tête livide et tempêta :

– Quelle est, bougre de bougre, cette diablesse de coquille Saint-Jacques qui me prend pour un merlan ?

– Je ne suis pas une coquille Saint-Jacques, fit Bulle horriblement vexée.

– Alors, qui es-tu, sacré nom de nom de bigorneau de malheur ?

— Je suis une bulle. Je suis très belle. Neptune m'a créée qui est le dieu de la mer. Il m'a même dit : « Bulle, je ne t'ai pas ratée. Je suis content de toi. Tu es la plus belle des bulles de l'Océan Indien. » Et, question bulles, il s'y connaît, le dieu Neptune !

Petit-Jean se radoucit, regarda Bulle de plus près :

— C'est vrai que tu es belle. Sur terre, tu vaudrais entre cent cinquante et deux cents pistoles.

— Qui êtes-vous pour parler de la terre ?

— Je suis un homme. Enfin, je suis... J'étais un homme. Je m'appelais Petit-Jean de Paimpol. Je suis mort.

— Vous êtes mort d'indigestion, vous aussi ?

Petit-Jean ricana :

— Si tu veux. J'ai avalé un sabre de travers. Un coup malheureux. J'aurais dû le parer d'estoc. Si c'était à recommencer, coquillage, l'homme qui te parlerait te parlerait anglais. Hélas, jamais on ne recommence sa mort.

Bulle soudain se mit à rire, et le flibustier le prit fort mal :

— C'est de moi que tu ris, maudite palourde ? N'as-tu point honte de rire des trépassés ? Si j'étais encore en vie, je te pulvériserais à coups de talon.

Bulle rit encore, et bredouilla :

— Ne vous fâchez pas, c'est le crabe qui me chatouille.

— Quel crabe ?

— Bernard l'Ermite, qui est en moi et mange défunt mon mollusque.

Petit-Jean se dit que Bulle était folle, et prit le sage parti de se lamenter sur lui-même puisque personne jamais ne le fait mieux que soi :

— Ah, gémit-il, quelle triste fin, quelle douleur extrême, jamais plus je ne reverrai Paimpol qui est la plus belle des villes et la ville où je suis né. Jamais plus je ne reverrai Marie-Jeanne que j'ai tant aimée. C'est pour elle que j'ai mené la vie de pirate, que j'ai pillé les coffres des riches voyageurs, pour elle que je suis au fond de la mer comme un chien.

— Un chien ?

— C'est une image.

— Une image ?

— Ah, bête de bulle, va sur la terre, et tu verras des chiens et des images !

Bulle éclata de rire et s'excusa bien vite : Bernard bougeait en elle, et ressortait, ayant achevé sa sinistre besogne. Il était d'ailleurs de fort mauvaise humeur :

— Il avait un furieux goût de laitue de mer, ton mollusque. J'en ai mangé de plus savoureux, sans me vanter. A part cela, Bulle, ton intérieur me plaît beaucoup et j'y serai à l'aise. Tiens pour assuré que je serai ton locataire dès demain. D'autant que ce noyé me semble appétissant. Je me le réserve. Bulle, si un autre crabe te convoite, préviens-le que tu es à Bernard l'Ermite. S'il s'installe malgré tout, dis-lui qu'il aura affaire à mes pinces. A demain, Bulle.

Il s'éloigna en zigzaguant et en claquant des pinces pour effrayer les petites crevettes. Bulle avait le cœur serré à la pensée d'appartenir bientôt à ce personnage antipathique. Elle murmura :

— Je le déteste, cc crabe.

Petit-Jean chuchota :

— Il ne te mangera pas. Moi, si. Même si les requins me laissent tranquille, lui et ses pareils me dévoreront. Belle sépulture pour un chrétien !

– Ah, Petit-Jean, si je pouvais m'en aller, j'échapperais peut-être à l'horrible Bernard. Hélas, je suis vide et je ne puis marcher.

Petit-Jean eut un faible sourire :

– C'est vrai que tu es vide, maintenant. Si je pouvais bouger, moi, je t'aurais mis tout contre mon oreille, coquillage.

– Et qu'aurais-je fait, tout contre votre oreille ?

– Tu ne sais pas que les coquilles vides connaissent de troublantes chansons ?

– Comment le saurais-je ? C'est la première fois que je suis vide.

– Tu ne peux vraiment pas t'approcher de moi ?

– Hélas non.

Petit-Jean pesta :

– Pâquedieu ! Tudieu ! Jarnidieu ! Tous les efforts du monde ne feront pas avancer d'un pouce un mort vers toi.

Bulle était songeuse :

– De qui pourrais-je tenir les chansons dont vous me parlez ? Personne ne m'en a appris.

– Tu les sais de naissance. Toutes les coquilles vides ont reçu ce pouvoir des dieux. Viens contre mon oreille, si tu le peux, et tu verras que c'est vérité d'Évangile.

Bulle frissonnait de curiosité quand elle aperçut enfin un poulpe qui passait par là, battant la mer de ses huit bras.

– Poulpe, gentil poulpe, cria-t-elle, viens par

ici, j'ai un service à te demander.

Ce poulpe était des plus sociables. Bulle lui demanda l'aide d'un de ses tentacules :

– Colle-moi s'il te plaît à l'oreille de cette drôle de chose qui est un homme.

– Si cela peut t'être agréable...

Et le poulpe prit Bulle, et la porta à l'oreille de Petit-Jean. Il lui restait sept tentacules pour se gratter le ventre, ce qu'il fit. Bulle vibra, puis résonna comme un tambour. Des « bip, bip » s'échappèrent d'elle, et elle devint musique.

– Mort de mes os, jura le flibustier, *j'entends la terre !* J'entends... J'entends... des volailles dans une basse-cour ! Une carriole sur une route ! Une femme qui chante à la claire fontaine ! Un paysan qui mène ses bœufs ! J'entends la terre, Bulle ! J'entends claquer les battoirs au lavoir. J'entends le vent dans les arbres, les cloches des églises et la pluie sur les toits. Grands dieux, j'entends aussi le rire de Marie-Jeanne ma bien-aimée !

C'est alors que le poulpe aperçut un cancre, qui n'est pas ce que vous croyez : le cancre est une espèce d'écrevisse de mer. Le poulpe les adorait et, lâchant Bulle, se jeta à la poursuite du cancre. Bulle tomba et, dans sa chute, s'engouffra dans la vaste ceinture de Petit-Jean de Paimpol. Elle s'en félicita. Bernard l'Ermite n'irait peut-être pas la chercher dans cette cache.

Petit-Jean souffla d'une voix teintée de mélancolie :

– As-tu compris, Bulle, quel est ton pouvoir magique ? Sur terre, quand un homme rencontre un coquillage, il écoute toujours ce que lui dit le coquillage. Il est des coquilles qui ne savent qu'imiter le bruit de la mer. Elles n'ont pas grande imagination. D'autres mentent à l'homme et ne lui racontent que les choses qui peuvent lui être agréables. Celles-là valent très cher. D'autres encore ne veulent dire que la vérité. Ce ne sont pas les plus estimées. On les enferme dans une malle pour ne plus entendre leur voix.

Bulle s'exclama :

– Comme je voudrais aller sur la terre pour parler aux hommes !

– Tu as raison. Tu es si jolie que tout le monde t'admirera. C'est admirable que d'être admirée, toutes les femmes te le diront.

Bulle enthousiaste répéta :

– Je voudrais aller sur la terre !

– Moi aussi, soupira Petit-Jean.

– Pourquoi, puisque vous êtes mort ?

– Justement. Si je pouvais remonter à la surface... si la vigie me voyait... si *La Désillusion* n'était pas trop au large d'une île... alors les camarades pourraient m'enterrer dans cette île. Le frère Septimus dirait un *Ave* sur ma tombe, et mon âme serait sauvée. Tandis que là, Bulle, les crabes vont me servir de cercueil, mon âme s'enfoncera dans la vase. En ce lieu où je suis, mon âme ressemble sacrément à l'âme fétide des damnés...

Petit-Jean se tut, en proie à des angoisses.

Les hommes se mirent alors à pleuvoir.

Il en tomba, un, puis deux, trois, quatre. Ils arrivaient en saignant, des traînées rouges à leurs chausses, les bras écartés comme des ailes, et puis dégringolaient de roche en roche jusques à Bulle et Petit-Jean. Celui-ci jubilait :

– Par tous les saints, nos affaires doivent aller rondement, là-haut ! Voici un Anglais ! un autre ! Ah ! celui-là, je suis payé pour le connaître, c'est le pendard qui m'a expédié ici-même. Les compagnons lui ont réglé son compte. Fichtre, voici ce pauvre Cristobal d'Alcazaras, que Santa Maria lui pardonne ! Petit-Jean de Paimpol et Cristobal d'Alcazaras sont morts, oui, mais la flibuste vit encore !

Il roula sur le dos comme pour voir ce qui pouvait bien diantre se passer à la surface de la mer...

12. Le pavillon qui flotte est noir comme l'enfer

L'équipage de *La Désillusion* poussa un triple hourra. L'Anglais était vaincu. Le capitaine Miséricorde désigna les barils conquis à ses hommes, et ordonna qu'il fût procédé à une vaste distribution de rhum.

– Gloire et longue vie au capitaine Miséricorde ! proféra l'équipage.

Ordre fut également donné de mouiller les ancres, les deux vaisseaux accolés menaçant de dériver. Les albatros attirés par le bruit repartaient en criant d'horreur, épouvantés par le lugubre pavillon.

Les chaînes menèrent grand fracas dans les écubiers, les ancres glissèrent dans les flots. Et les corsaires entonnèrent la vieille chanson des frères de la Côte :

Bandeau sur l'œil, patte de bois,
A nous le monde,
Bon vent mon frèr', salue ton roi,
A nous la blonde !

Bougre d'Anglais fais ton adieu
A cette terre,
Bon vent mon frèr', le vin de Dieu
Emplis mon verre !

13. L'ancre de l'ange

— *Bon vent mon frèr', le vin de Dieu — Emplis mon verre !* chevrotait Petit-Jean de Paimpol.

Bulle ne pipait plus mot et songeait à la terre, songeait, songeait si fort que sa nacre en craquait. Pas plus que les hommes, les bulles ne sont sérieuses. Tout à l'heure, Bulle ne demandait au sort qu'une grâce, celle de voir ce qui se passait derrière le corail. A présent, Bulle s'en moque, de l'envers du corail, elle rêve d'aller sur terre. Les êtres qui vivent sur la terre, eux, marchent le nez en l'air, car ils voudraient aller sur la lune. Les indigènes de la Grenade (possession anglaise), à moins qu'il ne s'agisse de ceux de Surinam (possession hollandaise) ont une phrase pour qualifier ces perpétuelles aspirations : « Jette-leur un os, ils voudront manger tout le bœuf. »

Tout à coup, une masse biscornue fendit les eaux et s'abattit tout près de Bulle et de Petit-Jean qui disparurent dans un nuage de vase et de sable.

– Atchoum ! Pouacre ! s'écria Bulle.

Petit-Jean qui n'y voyait goutte sacra :

– Par la fourche du diable, Bulle, que les crabes m'extirpent les tripes si ce n'est point l'ancre de *La Désillusion* qui nous est tombée dessus !

– Arch ! Ourch ! toussa Bulle, elle a bien failli nous écrabouiller, votre ancre !

– Oh moi, tu sais, je n'en risque guère. L'avantage d'être mort est de ne plus craindre la mort.

Bulle éternua dix-huit fois avant de rétorquer :

– Possible, mais l'avantage d'être en vie est de craindre la mort !

Le brouillard se dissipa enfin, et Petit-Jean constata avec ravissement que son corps reposait sur l'ancre même.

– Merveille, fit-il, merveille, Bulle ! Le remous m'a projeté par-dessus l'ancre, et m'y voilà accroché par le pantalon. Lorsque mes compagnons la remonteront, nous remonterons avec elle ! Ah, Bulle, quelle joie est la mienne ! J'aurai ma tombe en terre chrétienne, et une prière pour mon dernier voyage ! Mon âme est sauve, et les pluies de la terre laveront mes péchés. Quant à toi, Bulle, fais-toi belle, tu vas entrer dans le vaste monde !

– J'en suis bien aise, Petit-Jean, bredouilla-t-elle, rose de plaisir.

– Tu m'as porté bonheur, Bulle. C'est mon bon ange qui t'a mise sur mon chemin avant de m'envoyer cette ancre.

Ils se turent et attendirent, emplis d'espoir.

Les abudefdufs, beaux poissons bleus du corail, tournaient autour d'eux dans le sens des aiguilles d'une montre et même dans l'autre sens.

Enfin, quand les paillettes de la lune saupoudrèrent comme chaque soir toutes les rues du quartier de Lune, l'ancre s'ébranla, se décolla du fond en frémissant.

– Adieu, Bulle, fit Petit-Jean en souriant.

– Pourquoi, adieu ? souffla-t-elle, impressionnée par leur lente ascension.

– Quand nous sortirons de la mer, je ne pourrai plus parler à personne. Là-haut, chez nous, sur la terre, quand un mort parle, on le brûle pour sorcellerie et il ne peut aller en paradis...

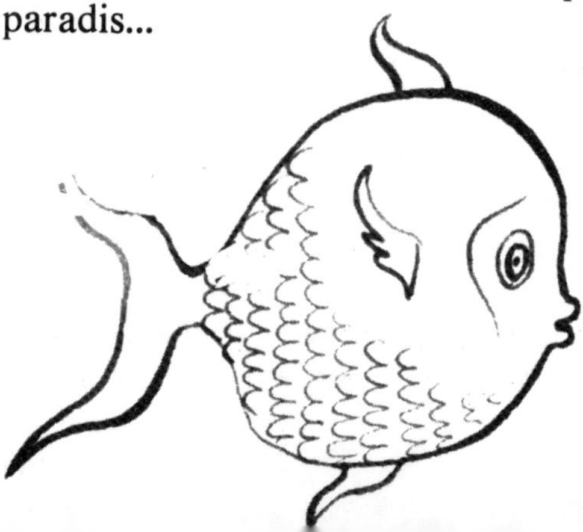

14. Où Bulle chante sa première chanson

L'Anglais, délesté de ses richesses, s'éloignait à l'aventure, vaisseau fantôme, avec le chat du bord pour unique passager. Sur le pont de *La Désillusion,* des matelots remontaient l'ancre. D'autres, dans les haubans, larguaient les voiles. Aux côtés du capitaine Miséricorde, son fidèle lieutenant Tourbillon La Rochelle se frottait les mains, qu'il avait courtes et rouges de sang.

– Capitaine, la journée a été chaude, se félicitait ce doux gentilhomme.

– Lieutenant, le soleil est toujours ardent sur nos crânes, quand il se nomme ducat, doublon, florin.

– Irons-nous à cette île, capitaine ? Le rhum, fût-il anglais, ne remplace pas l'eau douce...

Ces propos furent interrompus par les braillements d'épouvante des flibustiers qui s'occupaient de l'ancre. Miséricorde et son second se penchèrent, aperçurent l'amarre sur laquelle un corps était juché. Un pirate hurla :

– Vierge Marie ! Enfant Jésus ! Lucifer sort de la mer !

Un autre réclama à tue-tête le frère Septimus et son eau bénite. Miséricorde s'approcha du groupe terrifié, regarda de plus près l'insolite arrivant, et s'étrangla de rire :

– Taisez-vous donc, pleutres et chapons, simples d'esprit ! Lorgnez-le donc un peu, votre Satan. Ce Lucifer n'est autre que ce pauvre Petit-Jean de Paimpol qui revient à bord. Les crabes n'en ont point voulu. Il est trop dur, et emboucane l'enfer !

Les corsaires se rassérénèrent et se turent, sauf quelques-uns qui murmurèrent :

– Capitaine Miséricorde, si la mer ne l'a point gardé, c'est que le ciel nous le réclame. Il faut l'enfouir dans l'île que nous voyons là-bas, c'est notre devoir et notre salut.

Ce disant, ils étendirent Petit-Jean sur le pont.

Miséricorde grommela :

– Recouvrez-le d'une bâche, et rassurez-vous, compagnons. Le Paimpolais dormira sous la terre, c'est juré, puisqu'il a trouvé l'eau trop froide et trop humide.

Tourbillon La Rochelle s'étonna :

– Ça, Capitaine, la ceinture de ce Breton m'apparaît bien dodue. Aurait-il eu l'attention suprême de nous rapporter une langouste ? Tudieu, guignez-moi cela, capitaine ! Avez-vous déjà rencontré coquillage semblable ?

Miséricorde prit la bulle des mains du lieutenant et la considéra :

– Je connais cette espèce. C'est une bulle. Elle est parfaite, et ses couleurs vous ravissent les yeux.

Tourbillon La Rochelle s'inclina :

– Si l'équipage est de mon avis, capitaine, cette coquille vous revient de droit.

L'équipage approuva d'une seule voix :

– Vive le capitaine Miséricorde ! Vive *La Désillusion !*

Miséricorde salua :

– Merci, bâbordais, merci, tribordais. Voyons un peu si cette bulle a le sens de la musique. Bulle, je t'écoute !

Il la porta à son oreille, Bulle fit « bip bip ! » malgré elle, et Miséricorde entendit un long roulement de tambours funèbres. Il sursauta et, blême, étendit Bulle à bout de bras en jurant :

– Par le sang du Christ, Bulle, tu me chantes là une très fâcheuse romance. Le bruit des exécutions capitales ne m'amuse que modérément. Bulle, si tu ne changes pas de refrain, tu vas retourner d'où tu viens !

Bulle s'affola. Elle ne tenait aucunement à rentrer si tôt dans la mer. A peine en était-elle sortie que les hommes l'acculaient déjà au mensonge...

Elle revint à l'oreille de Miséricorde et, honteuse, soupira son « bip ! bip ! » suivi par un très joli bruit de vagues. Elle avait bien trop peur pour avoir de l'imagination.

Miséricorde rit, satisfait :

– Comme tu as bien fait de te raviser et de corriger ta musique, Bulle ! Serrez-moi ce plaisant objet dans mon coffre et allons enterrer Petit-Jean dans cette île. Pare à virer !

– Pare à virer ! tonna Tourbillon La Rochelle.

– Pare à virer ! répéta l'équipage, et l'écho répéta après lui, l'écho harmonieux de l'Océan Indien :

– ... Pare... à ... virer...

15. Au fond d'un coffre en bois des îles...

— Oui, s'attristait Bulle au fond du coffre, oui, j'ai déjà menti, alors même que je ne suis pas encore sur la terre, mais sur un bateau. S'il faut toujours mentir aux hommes pour leur convenir, je ne connaîtrai pas le salut éternel dont Gluc m'a parlé. En guise des félicités promises par Petit-Jean, me voilà au fond d'un coffre en bois des îles, tout gravé au fer rouge et tout orné de clous de cuivre. Ce coffre sent le renfermé. J'y suis très mal assise sur des pièces d'or. Je suis fort mal. Personne ne m'admire, et Gluc et Petit-Jean ne sont plus avec moi, ces morts qui me manifestaient de l'intérêt. S'ils cachent, les hommes, ce qui est beau tout au fond de leurs coffres, c'est qu'ils se

plaisent avec ce qui est laid, la vase, les crabes, les vers. Certes, Bernard l'Ermite n'entrera point dans ma coquille. Mais si l'hypocrisie y habite à sa place, je ne gagne pas au change...

Bulle en était là de ces méditations funestes lorsque s'ouvrit la porte de la cabine.

La Voltige et sa jambe de bois, Saint-Malo La Potence et son œil de verre, apparurent et se ruèrent vers le coffre. Ils l'ouvrirent et s'émerveillèrent.

— Elle est fort belle, s'extasia La Voltige qui empestait le rhum.

— Elle est d'or et d'azur, de sang et de soleil, gloussa Saint-Malo La Potence qui fleurait le hareng mariné à vingt mètres.

Bulle fut bien contente d'une admiration qu'elle n'espérait plus.

— Je n'ai jamais estimé, moi, reprit La Voltige ébloui, qu'elle revenait de droit à ce forban de Miséricorde.

— Elle n'appartient qu'à des hommes courageux et de notre trempe, surenchérit Saint-Malo La Potence, fasciné.

Ils s'assénèrent quelques bourrades à renverser les tours de Notre-Dame. La Voltige conclut :

— Samuel, le vieux fripier de Nantes, nous la paiera deux cents pistoles rubis sur l'ongle. Cent pour toi, cent pour moi.

Sur ce, il s'empara de Bulle et la glissa dans sa chemise.

16. Terre de France

Un jour, enfin, enfermée dans le balluchon de La Voltige, Bulle entendit au-dessus d'elle l'homme de vigie brailler à pleins poumons :

– Terre ! Terre ! Terre de France ! Terre du roi Louis le Quatorzième ! Oh le bon vent qui souffle de cette côte ! Il parle de jolies filles et de bon vin clairet ! Terre de France ! Terre de France !

Et tous les flibustiers criaient, pleuraient, riaient et s'embrassaient.

Le pavillon noir fut amené, remplacé sur-le-champ par un pavillon qui avait peu servi et où s'épanouissaient d'honnêtes fleurs de lys.

La Désillusion pénétra dans le port de Nantes, où la population était de franc accueil. Bulle, par un trou du balluchon, aperçut des femmes, des chiens, des maisons, des carrioles, des carrosses, et fut toute bouleversée d'orgueil. « Que de monde, se dit-elle, que de monde en vérité pour m'admirer, me caresser et me fêter, moi Bulle, la plus belle bulle de l'Océan Indien ! Comme j'ai bien agi en quittant les tréfonds de cette mer stupide ! »

Elle toucha terre avec la jambe de bois de La Voltige, et huma l'air de la terre avec délices, un air moins âpre, moins vigoureux, et tout embaumé par des odeurs de beignets et de crottins de cheval.

Saint-Malo La Potence marchait aux côtés de La Voltige et le bourrait de tapes amicales :

– Sacré La Voltige, dans un instant, nous serons riches comme autant de chanoines. Que vas-tu faire, vieille fripouille, de toute cette monnaie ?

– Ma foi, rêvait La Voltige ému, je vais en boire la plus grande partie. Je compte faire don du restant à une dame qui siège dans mon cœur.

– Voilà qui est sage, approuva Saint-Malo la Potence.

Ils pénétrèrent dans une immonde ruelle mal pavée où La Voltige, trébuchant sur son pilon, avait grand mal à ne point choir dans le caniveau.

– Jarnidiable, sacra-t-il, attrape mon balluchon, compagnon. Si je tombais, je pourrais bien casser cette précieuse coquille.

Saint-Malo La Potence s'empressa d'obéir. La Voltige allait clopin-clopant devant lui. La ruelle était déserte.

Saint-Malo La Potence dégaina sournoisement son épée et, prenant de l'élan, la plongea jusqu'à la garde dans le dos de son camarade. La Voltige, sans un soupir, s'effondra sur le pavé tandis que l'assassin, en essuyant sa lame, murmurait ces quelques paroles en guise d'oraison funèbre :

– Comme tu vas me manquer, La Voltige. Tu étais mon vieux, mon fidèle compagnon de combats. Tu m'avais sauvé la vie bien souvent. La destinée nous a joué un tour cruel en plaçant ce coquillage entre nos deux cœurs aimants. Quoi, La Voltige ! Te voilà mort pour une misérable question d'intérêt ! J'ai peine à en croire mes yeux. J'aurai, certes, les deux cents pistoles pour moi seul, mais j'ai perdu mon frère. Repose en paix, La Voltige, que le ciel te soit davantage miséricordieux que la terre, et moins dur que ce pavé.

Saint-Malo La Potence, l'œil humide, serra fort le balluchon dans sa main et s'éloigna en songeant avec amertume à la fragilité des choses de ce monde.

17. Où apparaît le vieux et poussiéreux Samuel

Dans la boutique du vieux Samuel, il n'était point commode d'apercevoir le vieux Samuel lui-même. Sans être nain, il était petit comme un nain, bossu, crochu, tordu, jaune et fripé. Une calotte noire recouvrait la pomme blette de son crâne. Il avait la voix de la scie à bûches et le regard aimable du faucon crécerelle. C'était à la façon des rats qu'il filait entre les meubles, les coffres, les habits, les mappemondes, les squelettes de crocodiles et les autres bizarreries de son commerce louche.

Saint-Malo La Potence entra, et le vieux Samuel vint le renifler d'assez près.

– Que viens-tu m'acheter, matelot, gargouilla-t-il.

– Rien, vieux Samuel. Je viens te vendre quelque chose d'inestimable.

– Inestimable ? Voilà qui me surprendrait,

matelot. Tout s'estime, et tout a un prix, les buffets, les vertus, les bottes et les consciences.

Saint-Malo La Potence défit le balluchon et en sortit Bulle non sans mystères et simagrées.

– Regarde, vieux Samuel ! Regarde de tes deux yeux !

– Je ne vois rien qu'un coquillage des plus communs.

– Tu badines, vieux Samuel ! Ce coquillage est une bulle, la plus belle bulle de l'Océan Indien.

Samuel sourit :

– Matelot, léger de la tête, qu'en sais-tu ? As-tu déjà réuni en tas toutes les bulles de l'Océan Indien pour affirmer que celle-ci est la plus belle ? de toutes ?

Saint-Malo La Potence s'énerva :

– Vieux Samuel, ne m'échauffe pas les sangs ! Bougre de pleure-misère, je te vois venir d'aussi loin que Madagascar ! Tu n'auras pas ce coquillage de paradis à moins de deux cents pistoles !

– Prends la porte, explosa Samuel, rongeur devenu lion. Le soleil de l'Équateur t'a roussi la cervelle !

Saint-Malo La Potence abattit son poing sur une table dont le chêne massif souffrit énormément :

– Maudit grappilleur, damné tire-sous, avaricieux de l'enfer, place ton oreille contre cette coquille et tu les sortiras sur-le-champ, tes pistoles ! Elle chante mieux que les sirènes. Ecoute, te dis-je, écoute !

Bulle réfléchit. La mort de La Voltige l'avait horrifiée. Elle n'envisageait pas de demeurer aux mains d'un aussi sombre criminel. Elle voulut que l'achetât le vieux Samuel. Quoique jeune sur la terre, elle devinait la passion du fripier, passion qu'il convenait de flatter, comme toutes sur terre.

Le vieux Samuel entendit le « bip bip ! » puis l'ineffable mélodie des pièces d'or qui sonnent et trébuchent dans les bourses, les tirelires et les tiroirs-caisses.

– Qu'entends-tu, vieux Samuel ? Qu'entends-tu ? grognait Saint-Malo La Potence.

Samuel savait dissimuler son ravissement. Toute une source musicale de doublons lui grisait la trompe d'Eustache :

Pièces d'or pièces d'or
Nous sommes
Le beau sang rouge au corps
Des hommes,

Pièces d'or pièces d'or
Les fleurs
Qui parfument si fort
Leurs cœurs...

Le vieux Samuel s'arracha à ce chant délectable et proféra, hargneux :

– Je n'entends rien du tout !

La pointe acérée d'une épée l'adossa brutalement au mur.

– Vieux Samuel, articula la voix glacée de Saint-Malo La Potence, assez ri. Si tu ne me comptes point sur l'heure cent pistoles, je t'embroche comme un dindon.

Le vieillard demeura calme. Il avait vu passer dans sa boutique des générations de pirates dégoulinants de forfaits.

– Cinquante. Pas une de plus.

– Attention, Samuel ! Ça pique ! Soixante-quinze, et la bulle est à toi.

– Plutôt mourir, forban !

Il poussa un cri de douleur :

– Arrête, coupe-jarret ! Je te les donne, mais

il m'étonnerait fort que tu t'en ailles avec au ciel.

Saint-Malo La Potence abaissa son épée en ricanant :

– Aucune importance. Ce n'est pas au ciel que je les destine, tes mignonnes pistoles. Hâte-toi, pince-maille, je suis pressé, fesse-Mathieu !

Samuel lui jeta une bourse.

Saint-Malo La Potence éclata de rire et quitta l'échoppe en pirouettant comme un Arlequin.

Samuel eut un rictus amusé, puis chuchota à Bulle :

– Bulle, entre nous, que m'importent ces soixante-quinze pistoles, tu en vaux bien deux cents, ce Nicodème voyait juste. Viens contre mon oreille jouer de tous les violons.

Mais Bulle n'en avait plus le cœur. Tant de fourberies et d'âpretés lui déplaisaient. Elle souffla « bip bip ! », et le vieux Samuel n'obtint d'elle qu'un désagréable cliquetis de crécelle. Son nouveau propriétaire, déçu, la reposa sur la table :

– A ton aise, Bulle ! Ne serait-ce que sur tes couleurs divines, je te revendrai toujours à mon avantage. Les bourgeois aux yeux ronds ne manquent pas dans les rues de Nantes !

Il la frotta contre sa manche sale et l'exposa dans la vitrine, entre un perroquet empaillé et un trois-mâts enfermé dans une bouteille.

18. Où la morale est sauve, mais non Saint-Malo La Potence

Saint-Malo La Potence et ses soixante-quinze deniers de Judas redescendaient la ruelle. Le flibustier réjoui fredonnait :

Pistoles pistoles
Vous êtes ma viole
Pistoles pistoles
Quand l'amour s'envole
La monnaie console

quand soudain ce refrain lui rentra dans la gorge comme une poire d'angoisse, lui resta dans le gosier comme une arête de barracuda.

– Non ! Non ! hurla-t-il, pas ça !

Il étendit des mains suppliantes vers l'épée du capitaine Miséricorde, épée dangereusement pointée vers son triste cœur.

– Pourquoi non ? fit Miséricorde.

Saint-Malo La Potence tomba à genoux. Il savait bien que Miséricorde ne lui eût pas laissé le loisir d'esquisser le moindre geste de défense.

– Pourquoi non, s'il te plaît ? reprit le capitaine. Tu sors de chez le vieux Samuel, fripouille. Je m'en doutais, pillard. Dis adieu au soleil, car le soleil t'a assez vu.

– Pitié, bon capitaine, pitié ! J'ai déjà perdu La Voltige mon frère, je ne veux point perdre la vie !

Il la perdit pourtant, et la mort ne fut guère surprise de le voir venir à elle en cet état lamentable. Elle l'attendait depuis toujours d'une minute à l'autre, soit cravaté d'une corde, soit percé d'une lame. Miséricorde rengaina en grondant :

– *Requiescat in pace, amen.*

Puis il se dirigea vers la boutique du vieux Samuel et se campa avec un bon sourire devant la vitrine où Bulle étincelait de tous ses feux.

Le vieux Samuel apparut sur son seuil :

– Bonjour, capitaine Miséricorde. Beau capitaine Miséricorde, je gage que ce coquillage vous fascine. Il y a de quoi. Certes, voilà un fier cadeau à faire à une fiancée ! Je l'ai payé deux cents pistoles à un matelot qui sort de là.

– Il n'a pas été loin, ton matelot. Tu peux l'apercevoir d'ici. Il a rendu son âme au diable tout comme tu vas me rendre ce coquillage qu'il m'a volé.

– Mais, Monseigneur, bredouilla Samuel, mais, Monseigneur, je l'ai payé très cher.

– Tu as eu tort.

Miséricorde était froid comme le tombeau. Samuel, qui connaissait les pirates, n'en connaissait pas de plus redoutable. Auprès du capitaine de *La Désillusion,* le requin n'était qu'un paisible éperlan.

Le vieux Samuel, livide, lui tendit Bulle. Miséricorde le remercia en ces termes :

– Tu trouves, Samuel, bien des charmes à l'existence et je t'en félicite. Il eût été dommage que tes vieux os ne connussent point le printemps qui s'annonce. Longue vie à toi, vieux Samuel !

Samuel s'inclina :

– Monseigneur est trop aimable.

Et Miséricorde s'en alla avec Bulle, et Samuel réintégra son antre pour y pleurer les pistoles perdues. Il ne se consola jamais de cet argent envolé. Une fièvre quarte et maligne lui rongea la carcasse. Il n'eut bientôt plus aucun plaisir à dormir dans son lit, qu'il jonchait pourtant de pièces de monnaie afin que sa couche fût plus molle.

On raconte qu'un matin le vieux Samuel ne se réveilla pas.

On raconte aussi qu'il avait avalé une à une toutes ses pistoles pour que les voleurs ne les trouvent jamais.

19. Maman Miséricorde

Bulle était navrée. Tant de sang déjà versé pour elle, tant de mauvais sentiments entrelacés autour d'elle comme des vipères jetaient un voile sur les prétendues beautés de la terre.

– Vraiment, se répétait Bulle, il m'apparaît que tous les crabes ne sont pas dans la mer...

Elle en regretta presque les flots purs qu'elle venait de quitter.

– Mais, réfléchit-elle, la terre doit avoir aussi son corail. Je dois finir par trouver le corail de la terre.

Le capitaine Miséricorde était entré dans

une maison, frappait à une porte. Une voix aigre perça cette porte à la façon d'un vilebrequin :

– Qui est là ?

Miséricorde se fit timide et humble :

– C'est moi, ma chère mère.

– Moi qui ?

– Moi Bonnaventure, votre enfant, votre fils affectionné.

La porte s'ouvrit et une vieille femme surgit, plus revêche que des chevaux de frise.

– Je te pensais mort, grinça-t-elle. Voilà douze ans que tu n'es pas venu.

– J'étais en voyage...

– Jolis voyages ! Entre quand même !

Miséricorde n'osa pas embrasser sa maman. Elle n'était pas plus engageante qu'une haie d'aubépines sans aubépines.

— J'espère, Bonnaventure, que tu ne viens pas me demander de l'argent !

— N'ayez crainte, très chère mère, j'en ai.

— Beaucoup ?

Mme Miséricorde, alléchée, s'était approchée de son petit Bonnaventure. Il répondit :

— Je suis heureux de vous voir en parfaite santé.

— Parlons-en ! J'ai un pied dans la tombe !

— Ne dites pas cela, chère maman. Je me suis permis de vous apporter un présent, un coquillage des mers tropicales.

La chère maman empoisonna Bulle d'un regard venimeux :

— Que veux-tu que je fasse d'un coquillage, à mon âge ?

— C'est une bulle, maman. La plus belle bulle de l'Océan Indien.

— Et alors ? Je ne veux pas de ça chez moi.

— Elle vaut deux cents pistoles, pour le moins.

Mme Miséricorde, soudain radoucie, prit Bulle entre ses mains plus sèches que le carton bouilli.

— Tu as peut-être raison, Bonnaventure. Elle fera très bien sur mon buffet.

Bulle aurait voulu pouvoir se débattre et s'enfuir. Cette maison, qui lui était destinée, sentait la tisane et la poussière. Le sort le plus enviable, entre ces quatre murs, n'était-il pas de tomber du buffet et de se briser sur le parquet ? Mais Bulle n'était qu'un pauvre coquillage, et les coquillages ne décident pas

de leur avenir. Même avec leurs bras et leurs jambes, les hommes n'en disposent pas davantage.

— Sans vous l'ordonner, ma chère mère, collez votre oreille à cet objet précieux. Vous y entendrez la mer mieux qu'à bord d'un vaisseau de notre respecté souverain.

« Bip bip ! » fit Bulle dès que Mme Miséricorde eut obéi à l'invite de son fils.

Bulle, à pleine coquille, lança très fort le cri sinistre de la chouette.

— Mon Dieu ! souffla la vieille dame avant de s'évanouir et de choir roide sur le tapis, tout contre les bottes du capitaine. Celui-ci regarda Bulle qui, par bonheur, était indemne. Il la ramassa, salua sa mère et préféra s'éclipser avant d'essuyer les salves de ses malédictions.

20. « Au Gobelet du Cachalot »

A son sixième pichet de vin, le capitaine Miséricorde apostropha Bulle en ces termes :

— Bulle, tu m'as volé l'amour maternel, tu m'as volé la tendresse de ma chère mère, ses baisers, cet amour béni qui me rafraîchissait la vie. Bulle, tu es coupable également du trépas de deux de mes plus vaillants matelots, j'ai nommé La Voltige et Saint-Malo La Potence, que la Providence ait grand soin de leur âme ! En conséquence, Bulle, je te condamne à mort ! Holà, vous autres, un pistolet !

Ces derniers mots s'adressaient aux buveurs de la taverne à l'enseigne *Au Gobelet du Cachalot,* taverne borgne et louche tout à la fois.

Anicet-La-Violette, tenancier de l'établissement, fit un signe discret à Marie-Fraise la servante.

– Bonjour, beau capitaine !

Miséricorde releva la tête.

– Un pistolet ! tonna-t-il.

Marie-Fraise s'assit près de lui.

– Tout à l'heure, beau capitaine. Rien ne presse de mourir ou de tuer.

– Je veux réduire en poudre cette coquille maudite que tu vois là !

Bulle, accablée, gisait sur la table crasseuse, au beau milieu d'une flaque de vin. Marie-Fraise la caressa de la main :

– La casser ? Et pourquoi ?

– Elle est possédée du démon. Elle m'a tué deux matelots. Elle m'a ravi le cœur de ma vieille mère.

– Donne-la moi.

Miséricorde regarda dans les beaux yeux de Marie-Fraise, des yeux qui avaient la couleur de la mer. Miséricorde se sentit fondre et plongea dans les délices de ces yeux-là...

Pour un baiser, il offrit Bulle à Marie-Fraise...

21. Ce qui se passa de 1696 à 1746

Peu de temps après ces événements, Marie-Fraise quitta le *Gobelet du Cachalot*. Elle oublia Bulle, ce caprice d'une heure, dans sa chambre. Anicet-La-Violette trouva le coquillage décoratif et le plaça sur une étagère, derrière le comptoir. Bulle y demeura cinquante ans. Oui, cinquante ans...

La poussière la recouvrit. Les fumées des pipes la culottèrent.

Pendant cinquante ans, la malheureuse ne connut de la terre promise par Petit-Jean de Paimpol que les rires des mauvaises filles et les jurons des équipages rendus fous furieux par le rhum. Jamais le soleil ne perçait les vitres sales. Le noir des chandelles se collait au plafond, retombait sur Bulle pour l'étouffer.

Parfois, lorsque le diable flambait vif un marin, celui-ci brandissait un pistolet, abattait d'une balle une des bouteilles voisines de Bulle, et Bulle mourait de peur.

Un soir, pourtant, deux flibustiers s'intéressèrent à elle.

– Montre-nous un peu cette coquille, Anicet-La-Violette ?

Bulle souffrait tant sur son étagère qu'elle eût suivi le dernier des pochards pour quitter enfin le *Gobelet du Cachalot*. Lorsque l'un des forbans la plaqua contre son oreille, Bulle émit une musique à tirer des larmes d'un pot à bière.

Le forban pesta qu'il n'entendait pas la mer, et la tendit à son compagnon.

Celui-ci entendit fort bien la mer, mais n'y prit aucun plaisir. Le forban qui n'avait pas entendu la mer crut que son camarade, en entendant la mer, entendait surtout se moquer de lui.

Il l'insulta, ils s'insultèrent et puis se poignardèrent à tour de bras. Anicet-La-Violette mit les cadavres à la porte, replaça Bulle sur l'étagère, d'où elle ne bougea plus jusqu'à la fermeture de l'établissement, en 1746. L'âge d'or de la flibuste était passé, le *Gobelet du Cachalot* fit faillite, et l'on vendit à l'encan tout ce qui se pouvait vendre.

22. Mademoiselle Béatrice

Bulle attendait son tour modestement, mêlée aux tabourets, aux cruchons de grès, aux douzaines de torchons et aux pipes de porcelaine.

– Vais-je connaître enfin, songeait-elle, mélancolique, autre chose que la noirceur, celle des âmes, celle des murs ? Je sais à présent plus de jurons que vingt-quatre perroquets de marins, mais je ne sais toujours rien des fameux mots d'amour. J'aimerais m'éloigner de ce port, la mer est trop proche pour que la terre où j'ai jusqu'alors vécu soit la véritable terre. Il est possible que loin des marées, loin des voiles, la laideur, le meurtre et la rapacité soient inconnues. Il est possible qu'on m'admire, et possible qu'on m'aime. Hélas, si je regarde autour de moi, je ne vois que des têtes ravagées par l'orgueil, la convoitise ou la bêtise, les mêmes têtes que celles qui ont défilé cinquante ans sous mon étagère. Si ce tabouret, au-dessus de moi pouvait choir et me pulvériser, je reverrais mon ami le mollusque ! Que souhaiter d'autre, puisque aussi bien jamais je ne trouverai le corail de la terre... Et pourquoi le trouverai-je, puisqu'il n'existe pas ?

On essuya Bulle, on la jucha sur un socle d'où elle dominait l'assemblée.

L'huissier-priseur lut une note la concernant :

– Ce coquillage des mers chaudes est une

bulle. Ses couleurs et la pureté de son galbe en font un objet des plus rares...

Pendant que pérorait l'huissier-priseur, Bulle sentit sur son ventre le rayon de soleil d'un sourire. Elle suivit ce rayon de soleil et aperçut, à quatre rangs de là, ce qu'elle espérait rencontrer depuis son arrivée parmi les hommes : la beauté.

Une délicate demoiselle, une jeune fille de songe regardait Bulle avec tant de douceur que Bulle, troublée, se dit : « Bulle, tu n'es qu'une bête. A l'instant où tu désespères de trouver le corail, le voilà qui survient... »

L'huissier-priseur prit Bulle et la palpa entre ses doigts grossiers :

– Quelqu'un veut-il voir ce coquillage de plus près avant la mise à prix ?

– Moi ! firent plusieurs personnes, et Bulle entendit avec ravissement la voix de la demoiselle. Plusieurs mains calleuses, moites, frôleuses, caressèrent les flancs de Bulle avant qu'elle ne frissonne d'aise entre celles de la jeune fille. Un monsieur âgé se pencha :

– Il te plaît, Béatrice, ce coquillage ?

– Beaucoup, mon père. Puis-je le porter à mon oreille ?

– Certainement !

Elle était la seule à y avoir pensé. Bulle en extase joua pour Béatrice la mélodie chère aux sirènes. De toute son âme, tout comme un galant, elle s'efforça de séduire la fillette.

– Père, murmura Béatrice, il me faut cette bulle.

– Tu l'auras, mon enfant.

De passage à Nantes, Barthélemy des Hardelettes, le père de Béatrice, était un riche bourgeois des environs de Paris. Il obtint Bulle pour la coquette somme de cinquante écus.

– Merci, mon père, merci, lui dit sa fille rouge de plaisir, je garderai Bulle, puisque Bulle est son nom, je garderai Bulle toute ma vie.

– Puisses-tu la garder cent ans, en ce cas, mon enfant, en souvenir de moi.

Elle embrassa Bulle et, de bonheur, Bulle faillit tomber en poussière. C'était la première fois qu'on l'embrassait.

– J'ai trouvé le corail de la terre, pensa Bulle. Corail, ah, mon corail, emporte-moi loin de la mer, je ne veux plus revoir la mer.

Et Bulle s'en alla habiter une de ces maisons qu'on appelait alors « folies », sise à deux lieues de Pontoise.

23. L'Ile-de-France

Quand Bulle apprit, en écoutant une conversation, qu'elle vivait à présent en Ile-de-France, elle s'en montra surprise. Ile-de-France, de quelle île s'agissait-il ? De quelle mer était-elle entourée ? De la fenêtre de Béatrice, elle ne voyait qu'une rivière, l'Oise, et l'air qu'elle respirait n'était pas celui des côtes. Ile-de-France ou non, elle se fit une raison, cette raison qui semblait fuir comme la peste l'espèce humaine. Pour Bulle, les temps heureux étaient enfin venus.

Il y a loin de la flibuste au clavecin et à la boîte d'aquarelle d'une demoiselle de bonne famille. Bulle toucha aux charmes tant vantés de la terre. Béatrice l'aimait, la frottait souvent avec un pièce de velours pour aviver ses couleurs. Pour Béatrice, Bulle inventait chaque jour une musique nouvelle. Elle apprenait, et les exécutait avec beaucoup de grâce, les airs

de Couperin ou de Rameau qui flottaient autour du clavecin.

L'Ile-de-France, île ou pas, était en ces temps anciens un pays tendre et doux, où les oiseaux chantaient, où le soleil déclarait sa flamme à tous les buissons, à toutes les fleurs des jardins à la française. L'homme, qui n'était pas très civilisé, n'avait pas encore changé cette province en Ile de la Désolation, en Ile du Diable. De sa fenêtre, Bulle découvrit avec stupeur les roses du parc.

– Elles sont belles, s'avouait-elle, ce sont les bulles de la terre.

Parfois, Béatrice en montait un bouquet dans sa chambre. Bulle les regardait s'épanouir dans leur vase de cristal, leur parlait, mais jamais les fleurs ne lui répondirent. Elles étaient mortes, leur assassin s'appelait Béatrice, et Bulle se demandait pourquoi sa gentille maîtresse tuait, tuait comme de vulgaires Saint-Malo La Potence ou Miséricorde. Et les fleurs se fanaient, et leur parfum s'éteignait, et Bulle comprenait bien que ce parfum était le plus clair de leur âme.

Mais Bulle avait déjà trop souffert pour s'attarder sur le malheur des autres. Les hommes, du moins, lui avaient appris ce qu'ils savent le mieux, l'indifférence. Et Bulle, dans la folie de Barthélemy des Hardelettes, coulait des jours paisibles, comme en coulait l'Oise dans les prés du printemps revenu. Chaque matin, Béatrice disait bonjour à Bulle. Chaque matin, Bulle disait bonjour à son amie la terre.

24. L'office du lundi de Pâques

Parfois, la jolie Béatrice prenait Bulle et la descendait à l'office. Bulle ne prisait guère ce petit voyage. A l'office, Béatrice lavait Bulle à grande eau, la savonnait, et Bulle avait en horreur ces autres bulles, qui sont de savon, et vous piquent les yeux.

Un soir, Béatrice, appelée par son père, oublia Bulle dans l'office tout à côté d'une bourriche d'où bientôt s'élevèrent des dizaines de voix fluettes :

– Où sommes-nous ?

– Je ne sais pas.

– Je ne vois rien.

– Poussez-vous, laissez-moi regarder.

– Ah ah, je vois quelque chose !

– Quoi donc ?

– Un gros coquillage.

– Un coquillage ? Alors, nous ne sommes pas si loin de la mer !

Bulle sursauta avant d'interroger :

– Qui parle ? D'où viennent ces voix ?

– Du panier, coquillage !

– Est-il bête, ce gros coquillage !

Bulle s'effraya :

– Qui êtes-vous ?

– Nous sommes nous.

– Qui ça, nous ?

– Nous, c'est nous, ah ah ah !

Et des foules de rires sortirent du panier comme un vol de moineaux. Une voix pointue fit, ironique :

– Tu ne nous reconnais pas ? Nous sommes les fines de claires. Nous sommes là douze douzaines.

– Les fines de claires ?

– Coquille, aurais-tu oublié la mer ? Nous sommes des huîtres !

Bulle se montra alors enchantée de rencontrer dans un office cent quarante-quatre petites cousines.

– Comment va la mer ? demanda-t-elle. Voilà des dizaines d'années que je l'ai quittée.

– Nous l'avons laissée avant-hier. Elle va bien. Elle pique toujours des colères noires.

– Y a-t-il toujours des poissons ?

– Bien sûr, et la mer est toujours salée.

Elles rirent encore comme un essaim de folles. Bulle ignorait pourquoi toutes ces huîtres étaient venues dans la maison. Elles la renseignèrent :

– Il paraît que l'on va nous disposer dans un grand plat, sur un lit d'algues, et que l'on nous présentera aux hommes à la lueur des chandeliers. Et les hommes diront : « Qu'elles sont belles ! Qu'elles sont belles ! »

– C'est tout ?

– Oui. Après nous avoir admirées, ils nous rejetteront à la mer. Si tu le désires, nous lui donnerons de tes nouvelles. Peut-être se souvient-elle de toi.

Bulle et les huîtres parlèrent encore de choses et d'autres. La perspective d'être admirées les ravissait. Les huîtres sont coquettes, c'est une affaire entendue. Quand elles peuvent se parer de perles, elles n'y manquent pas.

Béatrice entra dans l'office, suivie de Madeleine la servante. Elle alla droit au panier, en souleva le couvercle.

– Elles sont très belles, Madeleine, très belles.

Bulle fut contente pour les huîtres.

– On ne peut souhaiter mieux, Madeleine, pour un lundi de Pâques.

Béatrice ajouta ces paroles, que Bulle ne comprit pas :

– Faire maigre ne veut pas dire mourir de faim, n'est-ce pas ?

– Mademoiselle a bien raison.

– Vous préparerez des rondelles de citron. Oh, j'ai donc laissé mon coquillage ici, le pauvre ! Je cours le remettre à sa place !

Bulle ne saisit que le lendemain la triste vérité. De sa fenêtre, elle aperçut sur le bord du chemin la boîte à ordures débordante de coquilles d'huîtres. Elle se rappela les propos de Béatrice. Les hommes avaient mangé ses cousines les huîtres. On les avait assassinées, comme les roses. Elles s'étaient tordues de douleur, les frivoles, sous la brûlure du citron. D'affreux messieurs à perruque leur avaient servi de tombeau. Béatrice elle-même avait dû en gober une douzaine.

Séparées en deux, les coquilles des huîtres ne pourraient vivre leur vie de coquille telle que la menait Bulle. Bulle en conçut un vif chagrin. Les compliments, sur terre, sont plus dangereux que la haine. Bulle décida de se taire. Pour toujours. Béatrice fut fort désappointée de ne plus l'entendre dire : « Bip Bip ! voici de la musique ! » Elle s'en ouvrit à son père.

– S'il est devenu muet, ton coquillage, c'est qu'il est peut-être trop vieux, supposa M. des Hardelettes. Je t'en rachèterai un autre.

Béatrice soupira. Son cœur n'était pas si mauvais puisqu'elle murmura :

– Ce n'est pas la peine, mon père. Vous me l'aviez offert pour mes dix-huit ans, tout au long de ma vie il me parlera d'eux.

– Comment fichtre t'en parlera-t-il, puisqu'il ne parle plus ?

– Je lui dirai : « Bulle, tu es mes dix-huit ans », et elle m'écoutera comme je l'ai écoutée. C'est le propre de l'amitié que d'avoir tantôt une bouche pour parler, tantôt une oreille pour entendre.

Bulle fut sensible à cette pensée délicate, mais n'eut pas le loisir de l'éprouver. Muette, elle avait perdu sa richesse. Béatrice ne la prit plus entre ses mains, ne la regarda plus d'un œil rêveur. Et Bulle comprit que sur la terre il ne faut pas s'étendre sur la paille du pauvre.

25. Silvandre

Bulle eut à se repentir d'avoir porté le deuil des huîtres.

Peu après ses belles résolutions, Béatrice se saisit de Bulle comme avec des pincettes et l'enferma dans son armoire. Bulle eût voulu lui crier : « Béatrice, Béatrice, ne m'enfermez point là-dedans ! Je ne suis pas muette du tout, c'était pour rire ! », mais la jeune fille ne la porta pas à son oreille, et Bulle entra dans une nuit des plus noires.

Un coing posé sur des mouchoirs de batiste, tout près de Bulle, l'incommodait de son odeur têtue. « Comment peut-on être coing ! » pestait Bulle. Mais le coing était si triste, si jaune, regrettait tant son arbre, que Bulle, pour le consoler, lui fit ouïr la mer. Le coing ne lui en sut aucun gré, la tint pour folle. « Si vous venez de loin, songea Bulle, dites-vous bien que les idiots ne savent pas où se tient cet endroit. »

Cloîtrée dans le noir, Bulle entendait chaque matin Béatrice se lever en chantant et le soir se coucher en chantant. Bulle l'entendait rire, aussi, et crier : « Silvandre, beau Silvandre, je vous aime ! » alors même qu'elle était seule. Bulle se mourait de rester dans l'armoire quand, à quelques pas d'elle, Béatrice exhalait un si vif bonheur. Elle eût voulu y prendre part, jouer à la demoiselle des musiques de joie. Mais jamais la clé ne tournait dans la serrure et Bulle détestait chaque jour davantage le coing son voisin.

Enfin, il arriva que Béatrice se coucha certain soir en pleurant. Bulle l'entendit gémir des « Silvandre ! » désespérés, mordre son oreiller, sangloter, puis, brusquement, se lever. L'armoire s'ouvrit, Béatrice se jeta sur Bulle en l'embrassant et en l'inondant de larmes dont le goût salé troubla Bulle car il lui rappelait celui de l'Océan.

– Bulle, ma Bulle, se lamentait Béatrice, pardonne-moi de t'avoir oubliée. J'étais ivre de félicité. Silvandre m'aimait et je l'aimais. Mais, mon père me l'a dit tout à l'heure, je n'épouserai jamais Silvandre tant qu'il ne sera pas un gros commerçant. Je vais me tuer, Bulle, le ciel m'abandonne, et toi aussi tu m'as abandonnée. Tu es morte, comme mes dix-huit ans. J'en ai vingt aujourd'hui, je suis vieille, et je veux mourir.

Elle serrait Bulle à l'étouffer, et Bulle avait très honte de sentir quelque peu le coing.

– Bulle, dis-moi encore quelque chose, je t'en supplie, dis-moi que Silvandre ne pense qu'à moi, dis-moi qu'il m'aime autant que je l'aime.

Bulle savait désormais, elle y avait fort réfléchi dans l'armoire, Bulle savait que les hommes se grisent de mensonge comme les papillons de lumière. Il suffisait de leur mentir pour leur être agréable. Elle fit « bip ! bip ! » à l'oreille de Béatrice, et la demoiselle sécha ses pleurs :

– Bulle ! Tu n'es pas morte ! Tu bats comme mon cœur ! Ah, dis-moi, Bulle, que j'épouserai Silvandre, dis-le-moi !

Pour s'enfuir de l'armoire et quitter l'affreux coing, Bulle eût donné toutes ses couleurs. Elle s'empressa d'interpréter à l'orgue une marche nuptiale qui transporta de bonheur Béatrice.

– Oh, que je t'aime Bulle, s'écria la jeune fille, que je t'aime ! J'épouserai Silvandre, puisque tu me le dis. Viens me le redire toute la nuit, tu es ma seule amie...

Bulle trouva bizarre cette coutume d'enfermer ses amis dans une armoire quand le ciel est bleu pour ne les en sortir qu'au moment de l'orage. Elle n'en joua pas moins des marches nuptiales toute la nuit...

26. Dix années ont passé...

Selon le vœu de Barthélemy des Hardelettes, Silvandre était devenu un gros commerçant, et Béatrice l'épousa. Et Bulle reprit sa place dans l'armoire, place qui est celle des amis dès que le ciel retourne au bleu. Et Bulle retrouva le coing, plus triste, plus jaune et plus coing que jamais.

Béatrice n'ouvrit plus son armoire pour entendre les musiques de Bulle. Bulle n'entendit plus jouer le clavecin, Béatrice l'avait refermé d'un coup sec sur la saison de sa jeunesse.

Le beau Silvandre rentrait tard. Le beau Silvandre aimait passer ses soirées avec d'autres anciens officiers du Royal Tambour. Il buvait du vin en leur compagnie, entre deux parties de trictrac. Et la voix de Béatrice, Bulle s'en rendait compte, s'aigrissait d'année en année.

Puis d'autres voix s'ajoutèrent à la sienne, celle de ses enfants, Frédéric et Sophie. Ils devinrent, ces enfants, querelleurs, criailleurs, exécrables. Bulle redoutait de les voir un jour découvrir sa retraite. Elle avait peur de leurs hurlements et de leurs batailles. Les garnements avaient déjà cassé des vases et des vitres dans la chambre, et Bulle, malgré l'ennui qui la rongeait, n'enviait ni le sort des vases ni celui des vitres.

Parfois, en désespoir de cause, elle s'adressait au vieux coing :

— Je me suis bien leurrée, compagnon. Imagine-toi que je cherchais sur terre le corail de la terre. Tu ne peux pas comprendre, bien sûr. Enfin, bref, j'avais cru l'atteindre. Ce n'était que son reflet. Je te cite un exemple : suppose qu'un bateau se reflète dans l'eau. Un voyageur se trompe, embarque à bord du reflet. Il coule, naturellement, et se noie. Je suis ce voyageur. Mais tu ne peux pas m'entendre, tu n'es qu'un coing. Seuls les coings possèdent le grand secret de la sérénité.

De fait, le coing, à force d'inertie, était même parvenu à oublier l'arbre qui l'avait porté, l'arbre qu'il avait tant regretté. Il avait bouclé son tour du monde de coing.

L'armoire s'ouvrit, un beau matin, et les faces grimaçantes de Frédéric et de Sophie apparurent à Bulle. « Ma dernière heure a sonné » songea Bulle. Déjà, les deux mains sales de confitures volées de la petite fille se tendaient vers elle :

– Chic, regarde, Frédéric ! un coquillage !

– Si on le cassait ?

– Ça serait pas amusant longtemps, de le casser. Je veux entendre la mer dedans.

Le garçon trépigna :

– Donne-le moi ! Je m'en fiche d'entendre la mer ! Je veux le casser avec mon lance-pierres !

– D'accord, mais tout à l'heure. Laisse-moi le mettre à mon oreille !

– Ah là là, c'est bien des idées de fille !

Sophie approcha Bulle de son oreille. Morte pour morte, Bulle décida alors de mourir en toute honnêteté. Elle avait trop menti sur cette terre de compromis. Elle ne tenta pas, pour se sauver, de se concilier les grâces de Sophie.

« Bip ! bip ! » fit Bulle avant de pousser l'horrible cri du loup-garou.

Sophie hurla de terreur, et Bulle tomba sur le tapis.

– Tu es folle, ragea Frédéric. Tu aurais pu le casser ! C'est moi tout seul qui dois le casser !

La petite, blême, murmura :

– Frédéric, dans le coquillage... j'ai entendu le loup-garou...

Le garçon haussa les épaules :

– Et mon œil ?

– Ecoute-le toi-même, si tu en as le courage, capon !

Frédéric ramassa Bulle et Bulle, héroïque, lui corna dans l'oreille l'épouvantable ricanement du diable. Frédéric pâlit à son tour et bredouilla :

– Moi, je viens d'entendre rire le diable. Cette coquille est possédée du démon. Je vais la casser, pour tuer Satan en même temps qu'elle !

Il s'apprêtait à lancer Bulle contre le mur lorsque Béatrice, essoufflée, entra dans la chambre, le fouet à la main.

– Frédéric, gémit la pauvre mère, si tu ne remets pas ce coquillage à sa place, tu seras battu !

– Mère, il faut le détruire, le diable est dedans, je vous le jure !

– Es-tu fou, Frédéric ?

– Je l'ai entendu, aussi vrai que je vous vois. Et Sophie a entendu le loup-garou.

– Donne-le-moi ou je te fouette au sang !

– Non et non !

Avant que sa mère n'ait pu l'attraper, le petit vaurien s'était précipité vers la fenêtre ouverte.

– Vous avez peur du diable, ma mère, brailla le chenapan, mais moi voilà ce que j'en fais, du diable !

D'un geste violent, il projeta Bulle au-dehors. Ainsi s'acheva la vie d'une jeune fille de dix-huit ans qui se nommait Béatrice, tout comme la femme du beau Silvandre et la maman de Frédéric et de Sophie...

27. Où l'on voit Bulle, prise pour un os, arriver au bout de son chemin

Bulle siffla dans les airs.

— Je vais être poussière enfin, eut-elle le temps de penser, je vais rejoindre le paradis de mon mollusque Gluc.

Mais elle heurta durement la pelouse sans se briser et s'en alla rouler entre les pattes d'un chien qui passait par là. Le chien bondit d'effroi, se retourna tous crocs dehors contre cet ennemi tombé des nues, aboya à en perdre la voix. Ce fracas aida Bulle à reprendre ses sens.

— Je ne suis pas poussière, pensa-t-elle de nouveau, tout est hélas à recommencer...

Le chien, lui, se rassurait. L'immobilité totale de l'adversaire lui rendit son courage. Il s'approcha de Bulle, la flaira, la bouscula d'un coup de patte, tout cela sans danger.

Comme Béatrice apparaissait en courant dans le jardin pour y ramasser les morceaux de sa jeunesse, le chien prit doucement Bulle entre ses mâchoires et, l'un portant l'autre, le chien et le coquillage s'en allèrent vers d'autres horizons.

– C'est un os, se disait le chien.

– C'est un chien, se disait Bulle.

Ils allèrent ainsi, longtemps, à travers bois, à travers champs.

– Je n'ai jamais vu d'os semblable, se disait encore le chien. Il n'a pas plus de saveur, d'odeur, ni d'intérêt qu'une pièce d'or. Je vais l'enterrer dans un endroit connu de moi seul.

Lorsqu'il fut à cet endroit d'élection, non loin d'une ferme à toiture de chaume, le chien posa Bulle sur l'herbe et se mit en devoir de lui creuser sa dernière demeure. Bulle regrettait déjà l'armoire et son coing. Elle avait hérité des hommes cette répugnance à l'égard des trous qu'on referme sur eux. Tout à coup, une voix gutturale figea le chien dans sa pose de terrassier.

– Noiraud (car le chien était noir), Noiraud, où étais-tu passé ? reprochait cette voix étrange.

Le chien remua la queue et se jeta au cou d'un petit garçon qui sortait d'un bosquet.

C'était un très joli petit garçon aux yeux tristes et bleus. Un curieux chapeau de marin en cuir verni le coiffait avec drôlerie. Le

garçonnet, après avoir flatté Noiraud, s'agenouilla auprès de Bulle et la contempla longuement avant de la prendre avec douceur entre ses mains.

– Je te reconnais, coquillage, reprit la voix bizarre du petit garçon. Tu es une bulle. Mon papa était marin. Son navire a sombré. Nous sommes venus habiter ici, chez la mère de ma maman. Mon papa savait tout sur les poissons et sur les coquillages. Il me les dessinait sur un cahier. C'est pour cela, Bulle, que je sais qui tu es et que je porte un bousingot sur la tête.

Il regardait toujours Bulle et Bulle sentit qu'elle était admirée comme elle n'avait jamais

été admirée, pas même par Béatrice. Le tonnerre gronda très fort au-dessus d'eux. Le petit garçon ne frissonna point, et Bulle pensa qu'il était bien vaillant pour son âge.

Le tonnerre ne l'empêchait pas de lui parler de cette même voix rauque :

– Bulle, d'où viens-tu ? Noiraud n'a pas été te chercher dans la mer, elle est trop loin, la mer. Je me demande où il a pu te rencontrer. C'est peut-être un ange qui t'envoie, Bulle. Les chiens comprennent ce que disent les anges, tu sais. Quand un chien est couché devant le feu, le nez entre les pattes, tu peux être sûre qu'il écoute un ange. On le voit passer dans ses yeux. C'est par Noiraud que j'ai appris cela. Je vois clair en Noiraud comme dans de l'eau.

Le langage du petit garçon plaisait à Bulle, redonnait un bon goût de soleil à la terre. Bulle aurait voulu, dans l'oreille du petit, jouer ses plus belles musiques, mais il n'y pensait pas. Le tonnerre roulait toujours. Inquiet, le chien aboyait, sans pour cela attirer l'attention de son maître.

Lorsque la pluie commença à tomber, le gamin s'émut enfin et s'en alla dans le bosquet, emportant Bulle amoureusement. L'intérieur du bosquet était arrangé en cabane de sauvage. Bulle vit des flèches, des plumes, des peaux de fouine et un cep de vigne dont les contorsions évoquaient une divinité barbare. L'enfant déplia un ciré jaune de matelot et se glissa dessous avec le chien et Bulle.

— Tu vois, Bulle, c'est ma maison à moi. Papa me disait toujours qu'un petit garçon doit avoir une maison à lui, n'importe où, dans un trou, sous un arbre ou sous une roche, pour y faire pousser des souvenirs. Tu m'entends, Bulle ? Il faut que tu m'entendes, il le faut.

Sa voix enrouée se voila davantage et il murmura :

— Parce que moi, Bulle, je ne peux pas t'entendre. Jamais tu ne m'apprendras le bruit de la mer. Je suis sourd, Bulle. Mes oreilles se sont éteintes quand j'avais un an et quand mon chien aboie, c'est le silence, et l'orage, pour moi, c'est encore du silence.

Ainsi, les gouttes qui crépitaient sur le ciré,

Bulle était seule, avec le chien, à les entendre ? Bulle fut saisie de chagrin.

– Bulle, soufflait le garçon, tu ne peux pas me parler. Mais moi, si tu veux, je te parlerai. Je te parlerai d'amitié. Je t'apprendrai l'amitié. Tous les hommes courent après l'amitié par égoïsme, pour être moins seuls. Si je dois t'aimer, Bulle, ce sera pour ton bonheur à toi. Si je te sais heureuse, et je le saurai à tes couleurs, je serai heureux. Je lis sur les lèvres des hommes, mais les tiennes ne bougent pas. Garde tes chansons, Bulle, je te dirai les miennes. Je m'appelle Pierre. Les grandes personnes m'appellent Petit-Pierre, mais je sais qu'au moins jamais tu ne deviendras une grande personne.

Et Bulle s'endormit entre le chien et Petit-Pierre. Elle était arrivée au bout du chemin. Elle avait fini par trouver ce fameux corail de la terre, et ce corail si rouge était celui du cœur.

28. Le corail de la Terre

Petit-Pierre fut l'ami de Bulle. Son seul ami. Elle apprit ainsi que sur terre tout être a droit à un ami. Les êtres qui n'en possèdent pas l'ont pourtant vu passer, mais ne l'ont pas retenu, ou n'ont pas su qu'il s'agissait de lui.

Petit-Pierre emportait Bulle dans toutes ses promenades. Il se promenait beaucoup. Les enfants, les vrais, ceux qui ne sont pas déjà très vieux à dix ans, n'aiment pas rester sur une chaise. Ils aiment l'espace, la pluie et le soleil.

Tout ce que Petit-Pierre ne pouvait entendre, il le fit entendre à Bulle. Le petit sourd lui apprit à entendre la terre, et Bulle s'aperçut qu'elle n'avait jamais entendu la terre de cette oreille-là.

– Tu vois, lui disait Petit-Pierre. Cette bête-là, c'est un grillon. Il paraît que ça chante, les grillons. Tiens, là, il doit chanter, avec ses pattes. Tu pourras dire, Bulle, que tu as entendu le chant du grillon. J'en suis content pour toi. Et pour moi, car tu n'as pas qu'un seul plaisir, tu en as deux, un pour toi, un pour moi. C'est cela, l'amitié. C'est très important.

Bulle comprenait. Petit-Pierre, ensuite, lui désignait un mouton :

– Ecoute ce mouton qui bêle. Moi, je le vois, qu'il bêle, et je suis content pour toi, tu es mon amie, tu es pleine de chants de grillon et de bêlements de mouton. Tu es pleine, aussi, de ma voix. Quand je parle, tu es comme Noiraud, je suis sûr que tu viens à moi.

Ils allaient à travers l'été, sans jamais voir les autres petits garçons qui allaient, eux, à travers un autre été que le leur, et Petit-Pierre parlait à Bulle :

– J'ai onze ans aujourd'hui, Bulle. Oui, je sais, quand je parle, j'en parais davantage. On vieillit davantage par les yeux que par les oreilles. Il faut plus s'appliquer pour bien voir un oiseau que pour mal l'entendre. Alors, on voit moins d'oiseaux, mais ces oiseaux-là n'ont pas de prix.

Lorsqu'il avait soif, il disait à Bulle :

– Tu es mon amie, n'est-ce pas ? Si tu es mon amie, apprends que tous les amis, sur la terre, aiment s'offrir à boire.

Il plongeait alors Bulle dans une source et buvait aux lèvres de Bulle toute une bulle d'eau fraîche, et c'était comme un immense baiser qu'ils se donnaient. Après quoi il tendait Bulle au soleil et elle brillait de tous ses ors, de tous ses pourpres, uniquement pour Petit-Pierre. Un paysan serait arrivé à ce moment-là qu'elle se serait éteinte plutôt que d'être vue si belle par un étranger. Elle ne souffrait plus que d'une chose : elle aurait tant voulu parler à Petit-Pierre ! Mais, comme il devait en souffrir plus qu'elle, Bulle avait honte de souffrir. Car il la devinait et s'en montrait attristé :

— Bulle, n'aie pas de peine. Je vois tes peines dans tes veines de toutes les couleurs. N'aie pas de chagrin, même pour moi. Il ne faut pas

avoir de chagrin pour deux oreilles en moins. Dis-toi que jamais je n'entendrai le bruit du canon, ni celui du mensonge des hommes, ni celui du piège qui claque sur les bêtes.

Quand sonnait l'angélus du soir, les ombres de la terre en avertissaient Petit-Pierre qui rentrait à la ferme de sa grand-mère. Il était fatigué, ses genoux étaient écorchés, et il sentait bon l'air et l'herbe.

Il se couchait après la soupe, et Bulle le veillait, posée près du bougeoir sur la table de nuit.

29. Entends la mer, Petit-Pierre

Une nuit que Petit-Pierre dormait, tout barbouillé de clair de lune, Bulle, poussée par le chat, tomba de la table de nuit. Elle roula sur le lit, tout à côté du visage de Petit-Pierre. Pour la première fois, elle atteignait l'oreille de son ami.

– Quand Petit-Pierre ne dort pas, se dit-elle, il est sourd. Mais s'il rêve rien ne doit l'empêcher d'entendre la voix ou la trompette des anges, tous bruits que l'homme ne peut saisir lorsqu'il veille. Et s'il peut entendre les anges durant son sommeil, il peut entendre aussi la mer.

Retenant son souffle, elle se colla tout contre l'oreille, fit « bip ! bip ! », libéra dans le noir les orgues de l'océan.

Petit-Pierre balbutia, les yeux clos :

– Bulle ! j'entends... j'entends la mer...

Bulle trembla de joie. Même sorti du rêve, Petit-Pierre l'entendait encore. Elle avait appris la langue des hommes mais ne l'avait jamais utilisée, n'ayant rien à leur dire. Elle se décida à parler pour la première fois. La voix de Bulle semblait monter d'un puits :

– Petit-Pierre, c'est moi, Bulle. Tu dois m'entendre, si tu as entendu la mer.

– Je t'entends, Bulle. Mais pourquoi ?

– Je crois comprendre, petit garçon. Je ne te parle pas comme on parle sur terre. Je te parle du cœur.

– Tu me parles du cœur...

– Petit-Pierre, veux-tu entendre de la musique ?

– Oui, Bulle. C'est bien comme de l'eau qui coule, la musique ?

– Ne rouvre pas les yeux, écoute...

Et Bulle se gonfla de musique.

– Ne pleure pas, Petit-Pierre.

– Je ne pleure pas. Je suis heureux. Grâce à toi.

Petit-Pierre ne put se rendormir, cette nuit-là. Lorsqu'il écartait Bulle de son oreille, il n'entendait pas le tic-tac de l'horloge plantée tout près du lit. Lorsqu'il ramenait Bulle à lui,

il lui demandait :

– Bulle, peux-tu me dire le bruit de l'horloge ?

Et Bulle lui murmurait tout bas : « Tic-tac-tic-tac ». Bulle, exaltée, disait encore :

– Tu m'as tout donné sans rien attendre de moi. Maintenant, je peux tout te donner à mon tour. Veux-tu entendre les oiseaux ? Je te ferai entendre les oiseaux. Tu connaîtras par moi la voix de ta mère. Les rires des jeunes filles. Les aboiements du chien. Je te ferai entendre la chanson de la terre. Mais jamais tu n'entendras les hommes. Hormis ce que disent les hommes, je peux tout te répéter. Selon les jours, je serai la trompe de chasse au fond de la forêt, la harpe, les ailes qui se froissent dans les ténèbres, le vent...

A l'aube, Petit-Pierre s'assoupit, Bulle se tut, éblouie par le sourire des anges et de l'enfant. L'horloge sonna. Bulle ne l'entendit même pas. Elle écoutait le silence de son ami.

30. La tête de Petit-Pierre ne rentre plus dans son chapeau

Le petit sourd passa pour fou dans tout le pays. On ne le voyait plus qu'avec son coquillage à la main, ou plaqué contre son oreille.

– Tu entends la mer ? riaient les gosses du

village. Il devinait ce qu'ils avaient dit et leur répondait :

– Bien sûr, j'entends la mer. Et j'entends la terre aussi.

Et les gosses allaient partout racontant que Petit-Pierre entendait surtout carillonner les grelots de la folie.

Noiraud mourut. Mais quand Petit-Pierre voulait se rapprocher de lui, Bulle imitait la voix du chien et lui disait que le chien n'était pas mort pour de bon.

Un jour, la tête de Petit-Pierre n'entra plus dans le chapeau de cuir verni. Petit-Pierre avait seize ans. Puis il demeura seul dans la ferme, seul avec Bulle. Il avait quarante ans. Mais quand Petit-Pierre voulait se rapprocher de ses parents, Bulle imitait leur voix et lui disait qu'ils n'étaient pas partis pour de bon.

– Ils sont avec Gluc le mollusque, affirmait-elle, avec mon ami le pirate de Paimpol, avec Noiraud le chien.

– Comment le sais-tu, Bulle ?

– Je ne suis pas un homme. C'est pour cela que je le sais.

Petit-Pierre et Bulle vivaient seuls dans la ferme avec les poules, la vache et le cochon. Quand il eut cinquante ans, Petit-Pierre voulut se marier. Sans en parler à Bulle, qu'il savait jalouse, il alla voir Germaine la veuve du meunier.

– Germaine, murmura-t-il, j'aimerais bien

qu'on se marie.

Germaine éclata d'un rire que Petit-Pierre n'entendit pas. Il rentra à la ferme, retrouva Bulle, les poules, la vache et le cochon. Petit-Pierre, dès lors, se contenta de vieillir. Les soirs d'été, il s'asseyait sur son banc, devant sa porte, et Bulle lui jouait tous les anciens airs que lui avait appris jadis le clavecin de Béatrice. Par un de ces soirs où le soleil, en se couchant, laissait partout au ciel de longues traînées pourpres, Petit-Pierre s'adressa à Bulle :

— Bulle, nous avons été heureux ensemble. Il va falloir nous quitter bientôt. Pour tout le village, je suis maintenant le vieux Pierre. Le

Petit-Pierre est mort depuis longtemps, le vieux Pierre ne va pas tarder à le rejoindre. J'ai soixante-dix ans, Bulle, et les deux jambes me font mal, et les deux bras aussi. Je ne vais laisser qu'une chose sur la terre, et je me fais bien du souci pour elle, bien du souci pour toi. Que vas-tu devenir, quand je serai loin ? Les étrangers se disputeront autour de toi, puisque tu vaux de l'argent. Tu recommenceras à souffrir de la méchanceté, de l'avarice et de la tromperie. La terre te sera dure comme un caillou, j'en ai grand peur. Tu as été toute ma vie, Bulle, dis-moi ce qu'il faut que je fasse, dis-le moi avant que je ne puisse plus marcher.

– Bip, bip, fit Bulle, très triste, écoute-moi,

Petit-Pierre. Quand tu verras qu'il en est temps, tu m'emporteras au bord de la mer.

– Oui, Bulle. Et puis ?

– Et puis tu me jetteras dans la mer.

Petit-Pierre renifla et promit :

– Je le ferai, Bulle. Je le ferai.

Lorsque les feuilles du marronnier tombèrent, Petit-Pierre enveloppa Bulle dans sa veste et monta dans la diligence de Dieppe. Un gros marchand assis sur la banquette l'interpella :

– Oh, grand-père, que serrez-vous avec tant d'amour dans votre veste ?

Petit-Pierre sourit, car il lisait non seulement sur les lèvres des hommes mais aussi dans leur âme :

— Ma foi, marchand, c'est toute ma fortune.

— Bigre, vous vous montrez fort imprudent. Vous pourriez être volé.

— Je suis bien tranquille. Il est des fortunes qu'aucun larron ne peut voler.

Le marchand en conclut que ce vieil homme avait l'esprit dérangé et regarda passer en silence les horizons.

31. Le retour au pays

A Dieppe, le vieux Pierre emprunta une barque à un vieux marin. La mer était sage, et Pierre rama longtemps pour sortir du port. Il était épuisé et n'avait gardé du Petit-Pierre d'autrefois que le bleu ciel et merveilleux des yeux.

Il déplia sa veste et prit Bulle entre ses mains glacées :

– Bulle, les feuilles du marronnier sont tombées. Nous voici sur la mer et je ne puis ramer davantage. Quand je te verrai t'enfoncer dans l'eau, je m'enfoncerai dans la nuit. Tu as été toute ma musique, et je te remercie encore de ces soixante années passées côte à côte. Nous avons été, ma Bulle, *les meilleurs amis du monde*.

Une larme coula sur le coquillage. Pierre se raidit et bredouilla :

– Il faut que je te rende vite à la mer. Si je n'ai pas le courage de te jeter maintenant, j'aurai la lâcheté de te garder quelques jours encore, et il sera trop tard, et les hommes te reprendront. Bulle, il faut nous dire adieu.

Il éleva Bulle tout contre ses cheveux blancs.

– Bip bip ! fit Bulle une dernière fois. Petit-Pierre, ceux qui s'aiment ne se disent jamais adieu. Ils se disent à bientôt, à demain, à un de ces jours, au plaisir, à un de ces quatre matins. Voilà ce qu'ils se disent, quand ils s'aiment.

– A bientôt, Bulle...

Pierre la posa sur l'eau, une vaguelette la

renversa, et Bulle disparut en un tourbillon de toutes petites bulles.

Quand tout fut fini, Pierre reprit ses rames et murmura en regardant les nuages :

– ... A demain, à un de ces jours, au plaisir, à un de ces quatre matins !...

32. La mer (pour la dernière fois)

Je suis la mer, bleue quand le ciel est bleu, verte quand il est vert. La mer !

Bulle me trouvait très froide, à Dieppe. Ses couleurs tropicales effarouchaient les poissons de la Manche, et jamais un crabe n'osa la prendre pour maison.

Elle s'engloutit dans la vase et tomba en poussière peu de temps après. Je ne me suis pas occupée de sa poussière, je lui souhaite du bonheur n'importe où quelque part, mais que voulez-vous, la mer, la mer s'en fiche, des poussières. Elle est la mer, la vaste mer ! L'immense mer !

Je suis la mer ! Je bats les rochers. Je m'amuse à jongler avec les bateaux. Je suis la mer, qui recouvre les trois quarts du globe, qui dit mieux ? Les vagues de dix-huit mètres de haut, c'est moi, la mer ! Je casse tout, je fracasse tout !

Je sais aussi caresser, être calme et limpide, remarquez. Je suis même capable de jolis sentiments. Bulle, tenez, je l'aimais beaucoup. Parfois, mes vagues l'écoutaient au passage. Bulle faisait « bip bip ! » comme vous le savez, j'ouvrais bien grandes mes oreilles de mer et moi, la mer, j'aimais entendre Bulle me dire et me redire la profonde chanson de la mer.

COLLECTION FOLIO JUNIOR

DÉJÀ PARUS

Allan, Ted
Histoire d'un souricureuil

Andersen, Hans Christian
La reine des neiges
La vierge des glaciers

Anonymes
Ali Baba et les quarante voleurs
Aventures du baron de Münchhausen
Histoire d'Aladdin ou la lampe merveilleuse
Histoire de Sindbab le marin
Le petit bossu
Le roman de Renart *Tome 1*

Asturias, Miguel Angel
L'homme qui avait tout tout tout

Aymé, Marcel
Les contes bleus du chat perché
Les contes rouges du chat perché
Les bottes de sept lieues

Bédollière, Émile de la
Histoire de la Mère Michel et de son chat

Beecher-Stowe, Harriet
La case de l'Oncle Tom

Bonheur, Gaston
Tournebelle

Bosco, Henri
L'enfant et la rivière

Brissac, Elvire de
Grabuge et l'indomptable Amélie

Buisson, Virginie
L'Algérie ou la mort des autres

Burnett, Frances Hudges
Le petit lord Fauntleroy

Buzzati, Dino
La fameuse invasion de la Sicile par les ours
Le chien qui a vu Dieu

Cameron, Ian
Le cimetière des cachalots

Campbell, Reginald
Sa majesté le tigre

Camus, William
Les oiseaux de feu et autres contes peaux-rouges

Capote, Truman
L'invité d'un jour

Carroll, Lewis
Alice au pays des merveilles
De l'autre côté du miroir et ce qu'Alice y trouva

Cendrars, Blaise
Petits contes nègres pour les enfants des Blancs

Coren, Alan
Arthur chercheur d'or
Arthur contre les Sioux
Arthur et le diamant ombilic
Arthur la terreur du rail
Arthur le cowboy solitaire
Arthur le kid et les bandits masqués
Buffalo Arthur

Coué, Jean
Kopoli le renne guide
L'homme de la rivière Kwaï

Dahl, Roald
Charlie et la chocolaterie
Charlie et le grand ascenseur de verre
Les deux gredins
L'enfant qui parlait aux animaux
Fantastique Maître Renard
James et la grosse pêche
La potion magique de Georges Bouillon

Daudet, Alphonse
La dernière classe et autres contes du lundi
Lettres de mon moulin
Tartarin de Tarascon

Déon, Michel
Thomas et l'infini

Dhôtel, André
L'enfant qui disait n'importe quoi

Dickens, Charles
La vie de N.-S. Jésus-Christ
Le grillon du foyer

Dumas, Alexandre
Histoire d'un casse-noisette

Escoula, Yvonne
Six chevaux bleus

Fallet, René
Bulle, ou la voix de l'océan

Faulkner, William
L'arbre aux souhaits

Fon Eisen, Anthony
Le prince d'Omeya

Forsyth, Frederik
Le berger

Frère, Maud
Vacances secrètes

Gamarra, Pierre
Six colonnes à la une

Garrel, Nadine
Au pays du grand condor

Golding, William
Sa majesté des mouches

Gordon, Donald
Alerte à Mach 3

Grandville
Scène de la vie privée et publique des animaux
1) Peines de cœur d'une chatte anglaise
2) Un renard pris au piège

Grimm
Hans-mon-hérisson
et treize autres contes
Les trois plumes
et douze autres contes

Gripari, Pierre
La sorcière de la rue Mouffetard *et autres contes de la rue Broca, t. I*
Le gentil petit diable
et autres contes de la rue Broca, t. II

Guillot, René
Contes de la brousse fauve
Sama prince des éléphants

Halévy, Dominique
L'enfant et l'étoile

Hatano Isoko et Hatano Ichirô
L'enfant d'Hiroshima

Held, Jacqueline
Le chat de Simulombula

Hemingway, Ernest
Le vieil homme et la mer

Hickok, Lorena
L'histoire d'Helen Keller

Hines, Barry
Kes

Jacob, Max
Histoire du roi Kaboul Ier et du marmiton Gauwain *suivi de* **La couronne de Vulcain**

Kästner, Erich
La conférence des animaux
Les gens de Schilda

Kessel, Joseph
Le lion
Une balle perdue

Kipling, Rudyard
Histoires comme ça

Korczak, Janusz
Le roi Mathias Ier
Tome I, Tome II

La Fontaine, Jean de
Le loup et l'agneau et autres fables

Lansing, Alfred
Les rescapés de l'endurance

Laureillard, Rémi
Fred le nain et Maho le géant
Une fée sans baguette

Le Clézio, J.M.G.
Lullaby
Celui qui n'avait jamais vu la mer

Leroy, Eugène
Jacquou le Croquant

London, Jack
L'Amour de la vie
suivi de **Négore le Lâche**
L'appel de la forêt
Le mouchoir jaune
Un petit soldat

Mac Orlan, Pierre
Les clients du Bon Chien Jaune

Malineau, Jean-Hugues
La tue-mouche

Malot, Hector
En famille, *t. I*
En famille, *t. II*
Sans famille, *t. I*
Sans famille, *t. II*

Manceron, Claude
Austerlitz
Le citoyen Bonaparte

Massepain, André
L'île aux fossiles vivants

Ménard, Jean-François
Le voleur de chapeaux
L'île du Dieu maussade

Monfreid, Henri de
Abdi, enfant sauvage

Mörike, Eduard
Un voyage de Mozart à Prague

Musset, Paul de
Monsieur le Vent et Madame la Pluie

Neil, A.S.
Le nuage vert

Norton, Mary
Tous les géants sont-ils bien morts ?

Pelot, Pierre
Sierra brûlante

Pergaud, Louis
La guerre des boutons

Perrault, Charles
Contes de ma mère l'Oye

Peyramaure, Michel
La vallée des mammouths

Prévert Jacques
Contes pour enfants pas sages
Lettres des îles Baladar

Price, Willard
Pièges dans la jungle
Pièges sous le Pacifique

Renard, Jules
Poil de carotte

Roy, Claude
C'est le bouquet !
Enfantasques
La maison qui s'envole
Le chat qui parlait malgré lui

Saint-Exupéry, Antoine de
Le petit prince

Saint Luc
Évangile selon saint Luc

Sand, George
Histoire du véritable Gribouille

Ségur, Comtesse de
L'auberge de l'Ange-Gardien
François le bossu
Jean qui grogne et Jean qui rit
Le général Dourakine
Le mauvais génie
Les bons enfants
Les deux nigauds
Les malheurs de Sophie
Les nouveaux contes de fées
Les petites filles modèles
Les vacances
Mémoires d'un âne
Un bon petit diable

Sempé
Marcellin Caillou

Sempé/Goscinny
Joachim a des ennuis
Le petit Nicolas et les copains
Les récrés du petit Nicolas
Les vacances du petit Nicolas

Séverin, Jean
Le soleil d'Olympie

Solet, Bertrand
Les révoltés de Saint-Domingue

Stahl, Pierre-Jules
Les aventures de Tom Pouce

Steig, William
Dominic
L'île d'Abel

Steinbeck, John
Le poney rouge

Stevenson, Robert Louis
Le diable dans la bouteille
L'île au trésor

Stranger, Joyce
Le renard rouge et les tambours fantômes

Swift, Jonathan
Voyage de Gulliver à Lilliput

Thompson, Kay
Eloïse

Tolstoï, Léon
Maître et serviteur

Tournier, Michel
Vendredi ou la vie sauvage
L'aire du Muguet

Twain, Mark
La célèbre grenouille sauteuse *et autres contes*
Huckleberry Finn
Les aventures de Tom Sawyer

Vernes, Jules
Autour de la lune
Aventures de trois Russes et de trois Anglais dans l'Afrique Australe
Cinq semaines en ballon
De la terre à la lune
Le tour du monde en 80 jours
La journée d'un journaliste américain en 2889
suivi de **L'éternel Adam**
Les Indes noires
Les révoltés de la « Bounty »
Maître Zacharius *suivi de*
Un drame dans les airs
Michel Strogoff, *t. I*
Michel Strogoff, *t. II*

Une fantaisie du docteur Ox
Un hivernage dans les glaces
Voyages au centre de la terre

Viollet-le-Duc
Le siège de la Roche-Pont

Wells, H.G.
La guerre des mondes
La machine à explorer le temps

Wilde, Oscar
L'anniversaire de l'infante
suivi de **L'enfant de l'étoile**
Le prince heureux
Le géant égoïste *et autres contes*

Wolgensinger, Jacques
L'épopée de la croisière jaune

Wou Tcheng-En
Le roi des singes

Zimnik, Reiner
Les tambours

Folio Junior, c'est aussi cinq nouvelles séries : Poésie, Énigmes, Légendes, Science-Fiction et Bilingue.

Cet ouvrage a été reproduit
et achevé d'imprimer par l'Imprimerie Floch
à Mayenne le 3 juillet 1984.
Dépôt légal : juillet 1984.
1er dépôt légal dans la même collection : mai 1977.
Numéro d'imprimeur : 22036.

Publié précédemment aux éditions Denoël
ISBN 2-207-20372-7

ISBN 2-07-033009-5
Imprimé en France.

34001